首度出处：《文学少女1 渴望死亡的小丑》封面

我是对故事和文学
深爱到想要把它们吃下去的
平凡『文学少女』。

首度出处：本书首度公开

首度出处：《文学少女1 渴望死亡的小丑》彩页

首度出处：《文学少女1 渴望死亡的小丑》彩页

为什么我会再度拾笔写作？

因为那一天，在闪闪发亮的白色木莲花下，

我邂逅了远子学姐。

首度出处：《文学少女1 渴望死亡的小丑》彩页

002
天野遠子
本日のおやつ
井上心葉
井上心葉
001

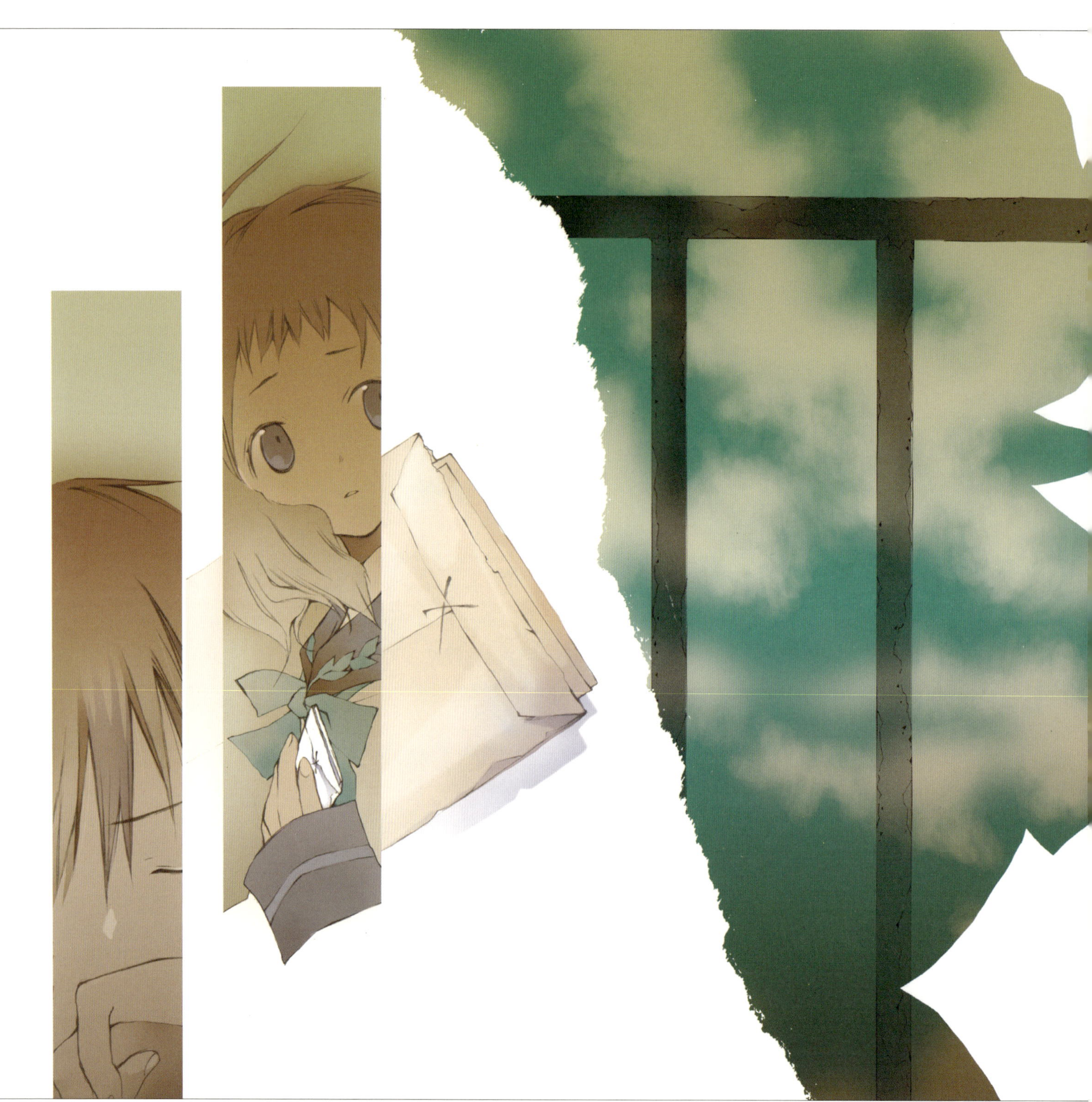

啊啊，真希望永远不会有人发现
我是个不懂人心的妖怪。
希望可以伪装成愚蠢笨拙的人，
让大家笑着、同情着、原谅着，
就这样继续活下去。

首度出处：《文学少女1 渴望死亡的小丑》书名页

首度出处：《文学少女1 渴望死亡的小丑》彩页

已经无法回到过去了。

也不知道将来会是什么模样。

但是，有时受伤、有时哭泣叫喊、有时也能得到治愈、

人们就是活在这么一个不确定的故事之中。

首度出处：《文学少女2 渴求真爱的幽灵》书名页

首度出处：《文学少女2 渴求真爱的幽灵》封面

首度出处：《文学少女2 渴求真爱的幽灵》彩页

首度出处：《文学少女2 渴求真爱的幽灵》彩页

首度出处：《文学少女 2 渴求真爱的幽灵》彩页

嘿，心叶，
你知道怎样才能拿回失去的东西吗？
其实很简单，
只要让时光倒流就好了。
这么一来，就不会再犯下相同的错误了。

每个人都有无法向人倾吐的秘密。

远子学姐把自己『异于常人』的阴暗念头藏在心中，

一边想象着饼干香甜的滋味，一边幸福地笑着。

首度出处：《文学少女3 沉陷过往的愚者》书名页

首度出处：《文学少女3 沉陷过往的愚者》封面

「文学少女」的追想画廊

首度出处：《文学少女3 沉陷过往的愚者》彩页

首度出处：《文学少女3 沉陷过往的愚者》彩页

我已经无法了解诚实这个词汇的意义了。
诚实到底是什么？怎样才叫诚实？
对某人诚实，同时却会对另一人不诚实，
不是也有这样的情况吗？
我不懂。
到底什么才正确？到底该做什么？
到底该选择谁？

首度出处：《文学少女3 沉陷过往的愚者》彩页

我真的想知道吗？
不管那是多么辛酸的真实？
无论是否会有更胜从前的痛苦和绝望降临在我身上，
把我打击到无法再次站起？
知道真相，也不见得绝对正确——

首度出处：《文学少女4 背负污名的天使》书名页

首度出处：《文学少女4 背负污名的天使》封面

『文学少女』的追想画廊

首度出处：《文学少女4 背负污名的天使》彩页

首度出处：《文学少女4 背负污名的天使》彩页

首度出处：《文学少女4 背负污名的天使》彩页

真正的幸福是什么呢？
大家就像追寻着幸福之地而去朝圣一样，
因渴求幸福而迈进。
就算彻夜不停地行进，
也迟迟到不了目的地，
还碰上无数绝望的事情。
或许到了目的地
也找不到真正的幸福，
如果干脆地放弃，
说不定还比较轻松。
但是，为何还要持续旅行呢？

首度出处：《文学少女5 绝望恸哭的信徒》书名页

首度出处：《文学少女5 绝望恸哭的信徒》封面

首度出处：《文学少女5 绝望恸哭的信徒》彩页

首度出处：《文学少女5 绝望恸哭的信徒》彩页

首度出处：《文学少女5 绝望恸哭的信徒》彩页

我真的很想永远待在你身边。
很想看着我们两人画下的地图，
不管到哪都跟你在一起。
如果我们两人一起到达了宇宙的尽头，
是不是就能找到『真正的幸福』呢？

这么一来，
你就会看着羽鸟——美羽的眼睛，
说出『我喜欢你』吗？

首度出处：《文学少女6 怀抱花月的水妖》封面

首度出处：《文学少女6 怀抱花月的水妖》彩页

我初次喜欢上一个人。
这必定就是爱。
我几乎不敢相信这种事会发生在自己身上。
过去我憧憬着那些书中故事的世界，
如今我已身在其中。
希望这个故事能够永远延续。

首度出处：《文学少女6 怀抱花月的水妖》目录页

首度出处：《文学少女6 怀抱花月的水妖》彩页

我是不是总有一天也会像父亲那样，
被祖父拔掉獠牙呢？
我会连焦虑感都丧失，
成为祖父的傀儡，
背负着枷锁活下去吗？

别开玩笑了。
我才不要跟父亲一样。
我绝不要像他那样放弃一切，
绝不要连心灵都被操纵。

首度出处：《文学少女7 迈向神境的作家 上》封面

命运已经在我伸手难及的地方开始转动了。
或许我不该待在你身边。
我会害你停止成长，会阻挠你。
虽然我心知肚明，却还是忍不住想陪在你身边。
就像从前一样，两人永远永远在一起……
就算不写也无所谓，
只要我们可以在一起，小说那种东西不写也无所谓！
我几乎忍不住想要这样大喊。
神啊，请保佑我永远都别说出这句话吧。
如果『那一天』真的到来，请保佑我别说出一句悲伤的话语，
保佑我能带着灿烂的微笑走进那扇门吧。

首度出处：《文学少女 7 迈向神境的作家 上》书名页

首度出处：《文学少女7 迈向神境的作家 上》彩页

首度出处：《文学少女7 迈向神境的作家 上》彩页

首度出处：《文学少女7 迈向神境的作家 上》彩页

我是心叶的第一位书迷。

首度出处：《文学少女8 迈向神境的作家 下》书名页

首度出处：《文学少女8 迈向神境的作家 下》封面

首度出处：《文学少女8 迈向神境的作家 下》彩页

首度出处：《文学少女8 迈向神境的作家 下》彩页

首度出处：《文学少女8 迈向神境的作家 下》彩页

好想写。
写下这片蕴含了悲伤、温柔、爱情和一切，
温暖又纯净的金色风景。
写下在这风景中微笑的她。
想要写出来、表现出来、传达出来。
从我认识远子学姐到现在发生过的所有事情。
还有像是沉浸在温柔夕暮里，
无可取代的温馨时光。

首度出处：《文学少女8 迈向神境的作家 下》目录页

首度出处：《文学少女1 渴望死亡的小丑》目录页

首度出处：《文学少女 2 渴求真爱的幽灵》目录页

首度出处 :《文学少女 3 沉陷过往的愚者》目录页

首度出处 :《文学少女 4 背负污名的天使》目录页

首度出处：《文学少女 5 绝望恸哭的信徒》目录页

首度出处：《文学少女 7 迈向神境的作家 上》目录页

bookmark

for sales promotion

首度出处：促销书签

bookmark

for sales promotion

首度出处：促销书签

cover illustration

for Faine

 首度出处：FBonline 2007 年 8 号封面

首度出处：FBonline 2008 年 8 号 Ver.1.0 封面

 首度出处：《文学少女 6 怀抱花月的水妖》书名页

跟心叶一起度过的这两年间，
心叶的确是我专属的作家。
在我心中，你比任何人都重要。
这件事我永远不会忘记。

首度出处：促销海报

远子和流人

小叶，
知道『奥列·路却埃』吗？
这是在安徒生童话里出现过的
睡眠妖精奥列老爷爷。
他不穿鞋子，
蹑手蹑脚地悄悄来到孩子们身边，
把甜甜的牛奶滴在他们眼皮上，
让孩子们睡着。
他的双手各拿一把洋伞，
上面画有美丽图画的伞是给乖孩子用的，
只要一撑开伞，
那孩子整晚都会做快乐的梦。

首度出处：本书首度公开

心叶和美羽

班上同学都不知道，
美羽不是骗子。
美羽的眼睛看得见
我们所不知道的各种故事，
她只是理所当然地
说出来罢了。
美羽被神赐予了
跟我们截然不同的才能，
是个特别的女孩。

——我有一天也要跟康潘内鲁拉一样，
搭上银河铁道列车，到宇宙的尽头旅行。

——那我当乔伴尼，跟你一起去好吗？

首度出处：本书首度公开

《文学少女》的素描簿

初期人物设计、构想草图、封面提案——异于已发表插画、拥有细致魅力的珍藏素描，与竹冈美穗老师的笔记&野村美月老师的意见同时展示！

天野远子

Toko Amano

圣条学园三年级。文艺社社长。晶莹剔透的白皙肌肤、像猫尾巴一样细长的辫子、纤细的体型，光看外表是跟堇花很相称的清纯千金小姐，但其实是个多话、贪吃又爱惹麻烦的人。因为深爱故事到「想要吃下去」的地步，所以是真的会吃纸的「文学少女」。

——人物设计草稿

COMMENTED by MIZUKI NOMURA

这是最早收到的人物设计之中的一张。完美得让我一见钟情，我甚至立刻向编辑要求“请用这张作为封面吧”！最后则是上了色，拿去当作第一集的彩页。我认为这是完整表现出远子精髓的一张图。

——人物设计草稿

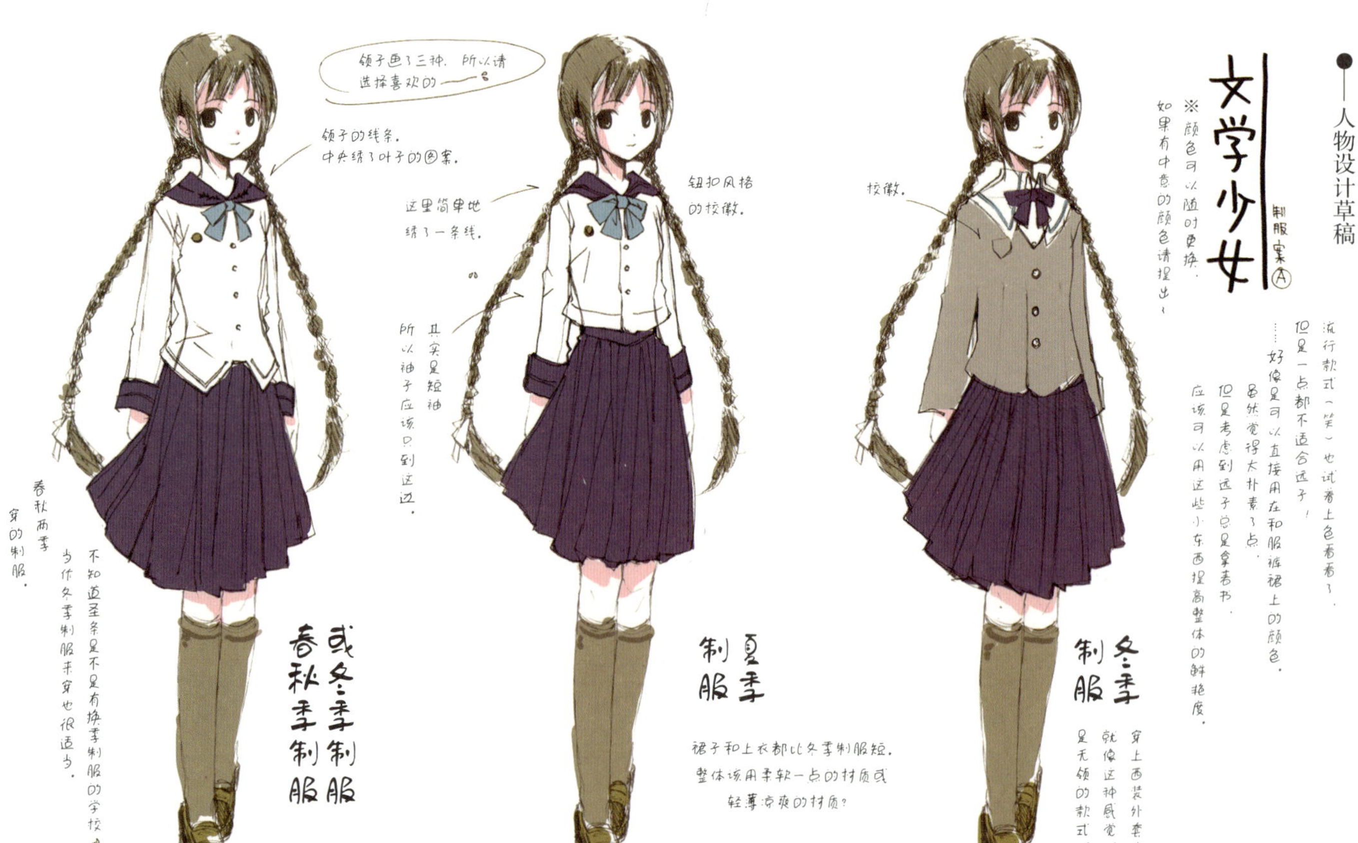

超早期人物草图

COMMENTED by MIZUKI NOMURA

远子的另一个版本，露出额头的发型。带着一点野性，感觉好像会打赤脚在山野跑来跑去，真是太棒了。看起来似乎很会爬树。

最早期人物草图

决定不了发型和制服，所以干脆先画书中描述的「大正时代女学生」，或许能够抓到一些感觉。这是如假包换的最早期远子（苦笑）。看起来好稚嫩啊。

COMMENTED by MIZUKI NOMURA

我喜欢裤裙！真想来写《文学少女》的大正浪漫篇啊！我动不动就会对编辑提出这种妄想。

构想草图

第二集构想草图

肚子饱饱的远子。
好像是在第二集出版的时候画的……
是要用在海报上的稿件?

幼小的远子

想象小时候的远子而画的素描。记得是对小说里「妈妈写的故事好好吃」这段章节印象很深而画的。现在看来好像有些多愁善感……

文艺社的日常景象

第六集构想草图

第三集插画草图→后记

COMMENTED
by MIZUKI NOMURA

远子会害怕恐怖故事，是因为我自己完全不能接受恐怖故事。我不管怎样、不管怎样——都没办法提恐怖故事（泣）。以前半夜要下楼去洗手间时，我也常常因为怕鬼而把父母摇起来。认为这是完整表现出远子精髓的一张图。

COMMENTED
by MIZUKI NOMURA

因为不能在第二集加上插画而含泪，我引颈期盼的猫耳女仆啊！尾巴是竹冈老师额外的服务呢，真不错，真不错。让人忍不住幻想着害羞的远子和嘲弄她的麻贵之间的对话。
我每次都好期待能在竹冈老师的插画中见到麻贵的酬劳系列啊。
不过，麻贵的素描本里面大概也都是这类的东西吧（笑）。

猫耳女仆远子

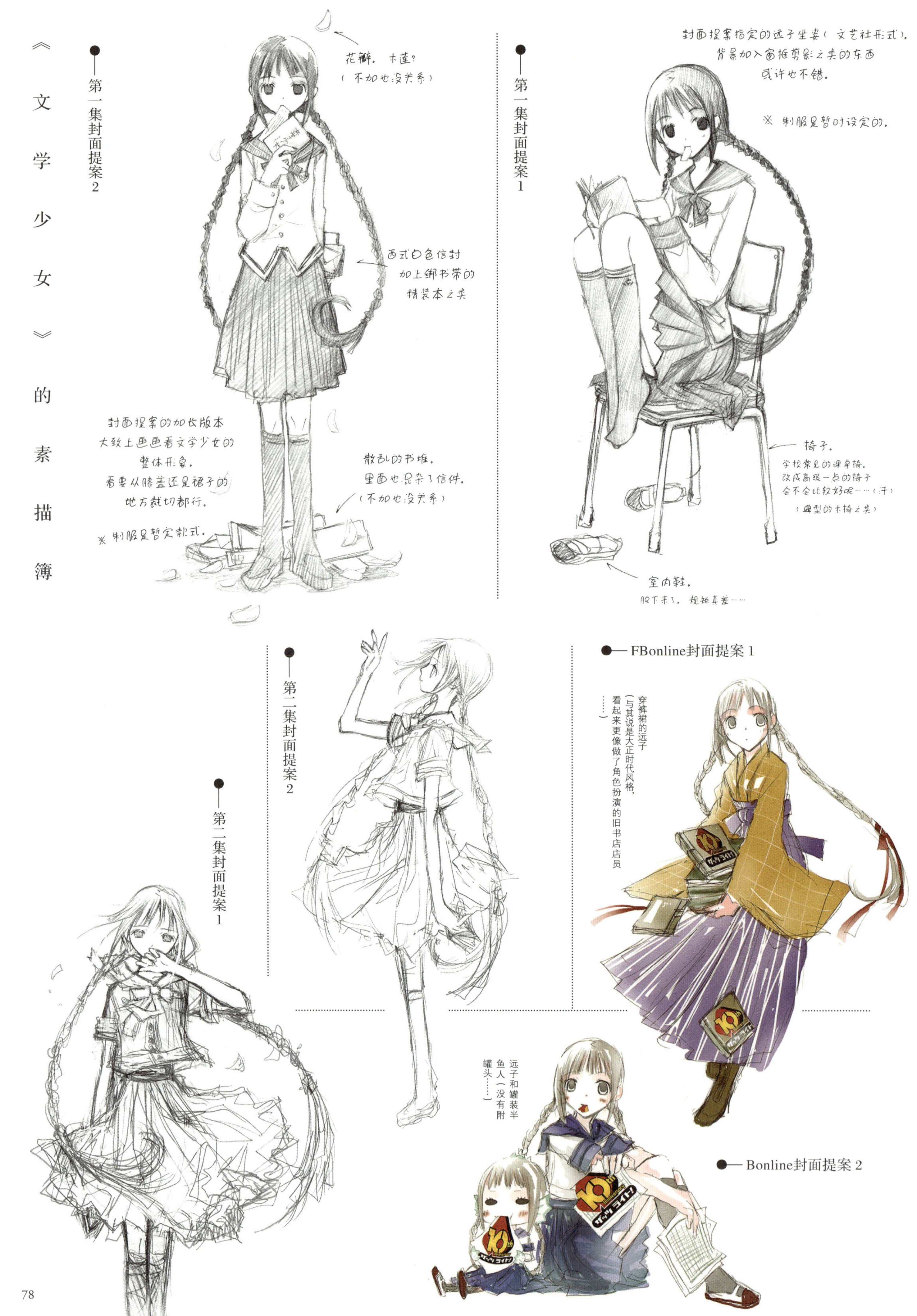

《文学少女》的素描簿
第一集封面提案2
花瓣。木蓮？
（不加也没关系）
西式白色信封
加上绑书带的
精装本之类
封面提案的加长版本
大致上画画看文学少女的
整体形象。
看要从膝盖还是裙子的
地方裁切都行。
※制服是暂定款式。
散乱的书堆。
里面也混杂了信件。
（不加也没关系）
第一集封面提案1
封面提案指定的远子坐姿（文艺社形式）。
背景加入窗框剪影之类的东西
或许也不错。
※制服是暂时设定的。
椅子。
学校常见的课桌椅。
改成高级一点的椅子
会不会比较好呢……（汗）
（典型的木椅之类）
室内鞋。
脱下来了，规矩真差……
第二集封面提案2
第二集封面提案1
FBonline封面提案1
穿裤裙的远子
（与其说是大正时代风格，
看起来更像做了角色扮演的旧书店店员
……）
远子和罐装半
鱼人（没有附
罐头……）
Bonline封面提案2

第二集封面提案3

第二集封面提案4

第三集封面提案

《文学少女》第三集封面提案1

第五集封面提案1

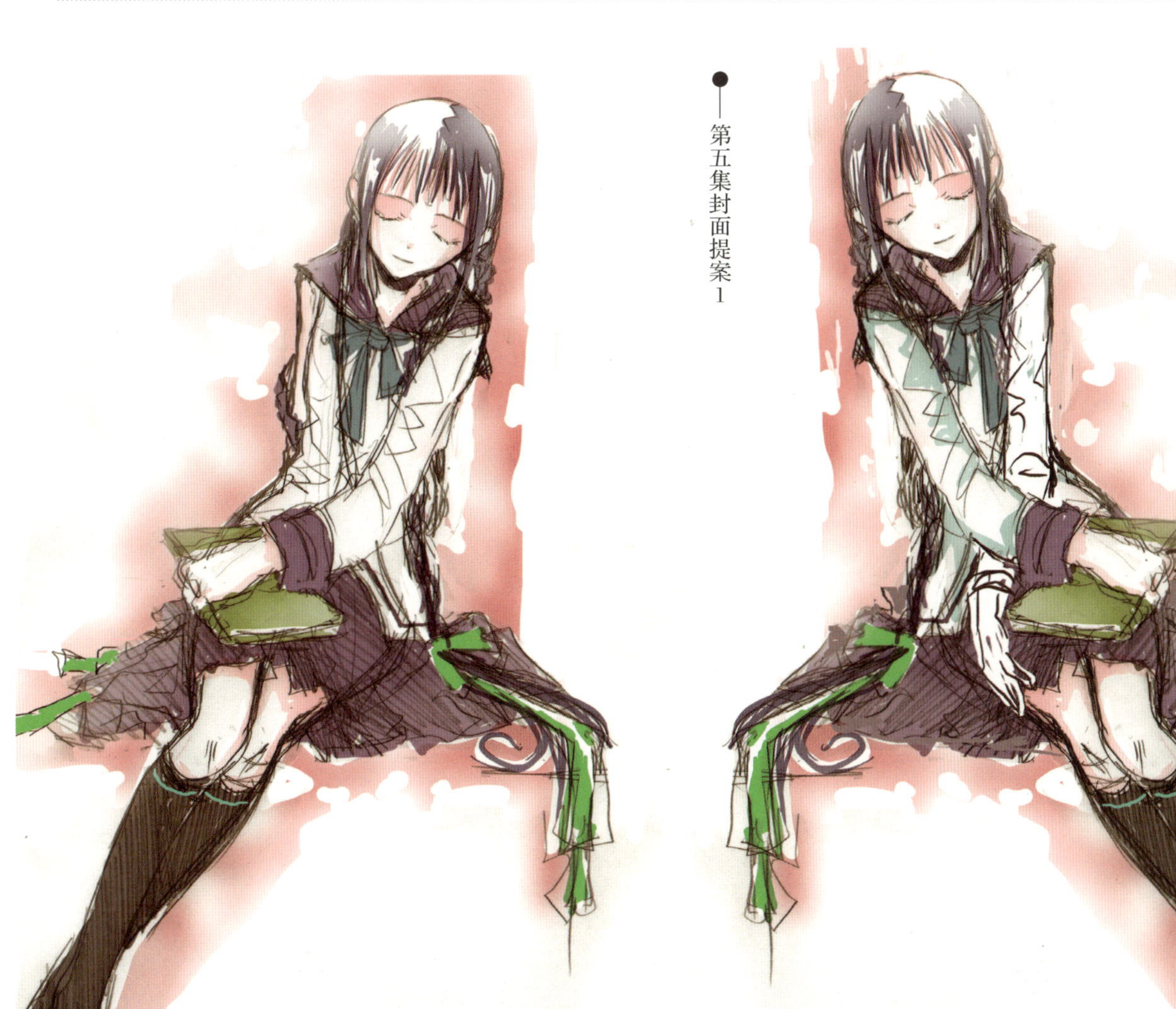

本书封面提案1

本书封面提案2

本书封面提案3

构想草图

井上心叶

Konoha Inoue

圣条学园二年级，文艺社唯一的普通社员。社团活动主要内容是当远子的「点心师父」，依照她的要求写出三题故事。初中三年级时第一次写的小说获得文艺杂志的大奖，以天才蒙面美少女作家的形象出道，引起一股盛大风潮，现在则是隐藏着过去、以一介平凡高中男生的身分过着普通生活。

早期人物草图1

早期人物草图2

刘海稍微拉长一点看看。两旁再拉长一点就会变成妹妹头了，所以调整在快要盖到眼睛的位置。啊，跟最早的设定好像差不了多少。

第二集构想草图

第一集彩页草图

COMMENTED by MIZUKI NOMURA

心叶的人物设计概念是“容易受伤的男孩”和“逐渐成长的男孩”。草图拥有符合这形象的梦幻感，而且还是个美少年，让我觉得好开心。啊啊，这么一来就算穿女装也很适合了，这个想法就像在联合创作集后记里面说的一样。井上美羽初次召开记者会时，一定要让心叶穿女装（←骗人的）。

COMMENTED by MIZUKI NOMURA

第一集的彩页用的是睁开眼睛的版本，不过闭眼的版本也好可爱喔……
看到这样的睡脸，真是叫人心跳不已呢！

琴吹七濑

Nanase Kotobuki

心叶的同学。图书委员。外貌出众的美女，在班上男生之间很受欢迎。自从在初中时受到心叶帮助以来一直喜欢他，但因为拙于表达感情，而且太在意心叶，所以反而对他态度不善，为此相当烦恼。

COMMENTED by MIZUKI NOMURA

头发跟早期设定相比长了一点，变得比较有女人味了。七濑的插画每一张表情都很精采，真是够萌的。在《愚者》彩页裤裙装扮的七濑，那种带点好强的表情最棒了！

COMMENTED by MIZUKI NOMURA

对不起，对不起，对不起。我一定会让你过得幸福的。

COMMENTED by MIZUKI NOMURA

七濑抱紧这只企鹅的图（《作家上》的插画）也很可爱喔！她应该一直保留着那些“井上收藏”吧（泪）。

朝仓美羽

Miu Asakura

心叶的青梅竹马，直到初中时代都一直跟心叶在一起。喜欢写小说，经常说故事给心叶听，但是在心叶的小说得奖之后引发了某些事件，从此在心叶面前消失。

早期人物草图1

早期人物草图2

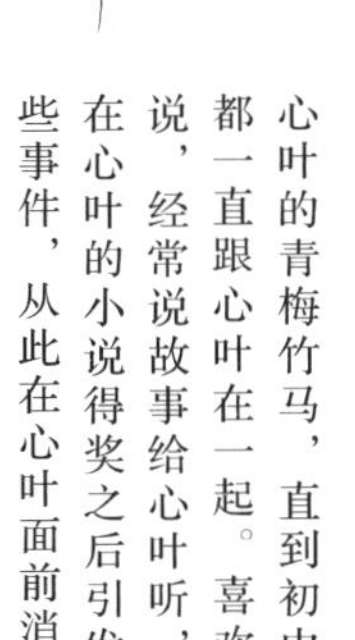

构想草图

早期人物草图2

总觉得很像夏夜乃和七濑加起来除以二的感觉……
好像没什么变化。为什么呢……

本书插画新作草图

COMMENTED by MIZUKI NOMURA

哇啊啊啊啊啊啊！这、这实在可爱到一塌糊涂啊！幼年时代的美羽和心叶就像是任性的公主和纯洁的仆人（笑），基本概念就是这样。写着这两人的回忆片段就觉得好萌。青梅竹马真是浪漫啊。

《文学少女》的素描簿

姬仓麻贵

Maki Himekura

圣条学园三年级。理事长的孙女，管弦乐社的社长。因为其地位和美貌，在校园里被称为「公主」。能够靠着祖父的关系获得许多情报，坏习惯是拿情报作为筹码对远子提出各种要求，并以观察远子的反应为乐。

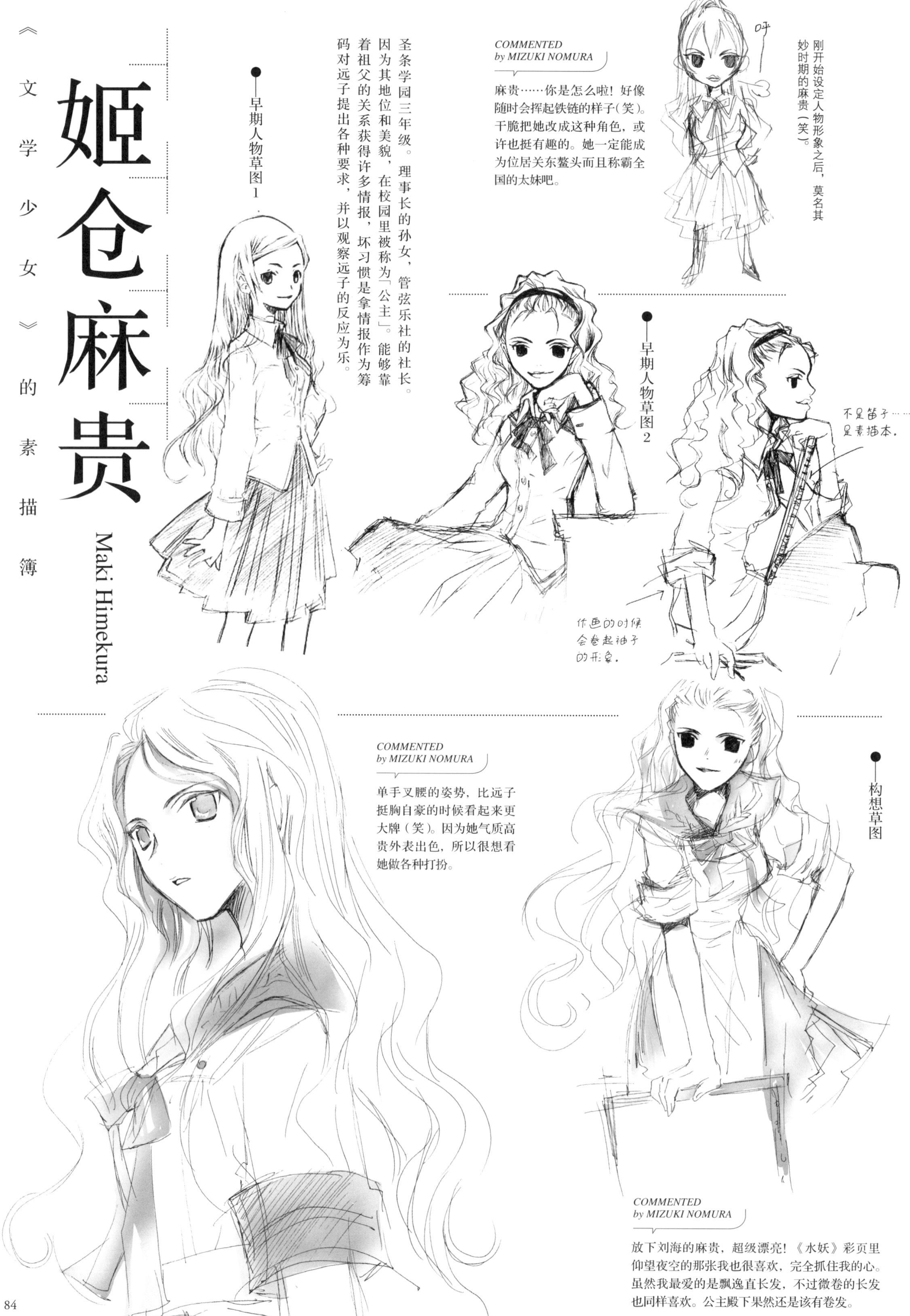

早期人物草图1

早期人物草图2

刚开始设定人物形象之后，莫名其妙时期的麻贵（笑）。

COMMENTED by MIZUKI NOMURA

麻贵……你是怎么啦！好像随时会挥起铁链的样子（笑）。干脆把她改成这种角色，或许也挺有趣的。她一定能成为位居关东鳌头而且称霸全国的太妹吧。

构想草图

COMMENTED by MIZUKI NOMURA

单手叉腰的姿势，比远子挺胸自豪的时候看起来更大牌（笑）。因为她气质高贵外表出色，所以很想看她做各种打扮。

COMMENTED by MIZUKI NOMURA

放下刘海的麻贵，超级漂亮！《水妖》彩页里仰望夜空的那张我也很喜欢，完全抓住我的心。虽然我最爱的是飘逸直长发，不过微卷的长发也同样喜欢。公主殿下果然还是该有卷发。

竹田千爱

Chia Takeda

圣条学园一年级。图书委员。因为委托文艺社代写情书而认识了心叶等人。拥有小狗般的浑圆眼睛，乍看之下是个经常跌倒的迟钝女孩，不过那都是千爱刻意营造出来的假象，其实她因无法跟旁人有同样的感情而对自己感到羞耻。

早期人物草图

第一集彩页草图

COMMENTED
by MIZUKI NOMURA

埋在书堆里的千爱，好可爱……
那种有点烦恼的表情真是无法形容。

COMMENTED
by MIZUKI NOMURA

漠然的千爱、像只天真小狗的千爱，我觉得这两种都是真正的千爱。这女孩应该算是《文学少女》的地下主角吧。我每次在主线背后用第一人称模拟她的心情，都会觉得心里好郁闷。今后她大概会继续过着“羞耻的人生”吧。不过，我相信她还是会渐渐接受另一个自己，慢慢地向前迈进。

樱井流人

Ryuto Sakurai

父母双亡的远子寄宿家庭的儿子。从小就跟远子亲如姐弟。比心叶小一岁，只是个高一男生，但是气质和外表都成熟到会被误认为是大学生。两性关系复杂，喜欢爱恨交织的激烈恋爱，是个热衷于感情纠纷的勇者。

早期人物草图

COMMENTED
by MIZUKI NOMURA

我好喜欢这张人物设计的流人，收到的时候还兴奋地大叫“好帅喔——”。虽然他花心得让人想吼他“收敛一点吧！”，但实际上只是个高一学生，这个事实真是叫人害怕。流人在设定里读的是男校，平时他会过着怎样的学校生活呢？好像成天都会逃课的样子。我在想，让千爱当正房、麻贵当情妇，这样的三人关系应该也行得通吧。

芥川一诗

Kazushi Akutagawa

心叶的同学。弓箭社社员。身材高大，眉清目秀，成绩顶尖，很受女生欢迎，沉默寡言又自制的优等生。自从小学发生了某件事以后，一直努力秉持诚实。

早期人物草图

COMMENTED by MIZUKI NOMURA

帅气聪明又可靠——原先设定应该是这样，应该是这样，应该是这样……因为他个性太认真之故，在他担纲的《愚者》里也碰不到什么好事，在其他集里戏份又少，而且也没多少插画。最常说的台词是“井上……”（大概吧），真是个可悲的孩子（笑）。他喜欢的类型想必是脆弱却又泼辣的女孩。

更科茧里

Mayuri Sarashina

圣条学园二年级。清纯婉约的优等生美少女。她自称跟芥川正在交往，因为觉得芥川不太对劲而去找心叶商量……

早期人物草图

COMMENTED by MIZUKI NOMURA

早期版本的更科，带点稚气的感觉真是可爱。她跟芥川在交往的时候，会去哪里约会，又会有些怎样的对话呢？或许两人只会静静地走在一起，即使如此，光是能陪在对方身边就已心满意足，是个如此乐观的女孩。如果她的脾气再差一点，对他说些任性的话，说不定会更顺利。在放下纠葛之后或许会变成一个毒舌的角色。

樱井叶子

Kanako Sakurai

樱井流人的母亲，也是个有名的畅销作家。远子的父亲天野文阳把她挖掘出来，并且担任她的责任编辑。她跟远子的母亲结衣从初中时代就是好朋友，但她不知为何却总是以冷淡态度对待远子。

早期草图

镜妆子的内向版？长相大致上和远子一样。给人的印象是从学生时代开始就相当成熟，以后也不变地保持这个模样。

COMMENTED by MIZUKI NOMURA

总之要漂亮到让人一眼就觉得“喔喔，大美女！”。因为我做了这种麻烦要求，所以收到竹冈老师寄来的各种发型版本。我个人也非常想看叶子小姐和结衣小姐初中时代的画像。叶子小姐和文阳先生、拓海等人的关系都深藏在她心里，不过各自应该都有着难解的纠葛吧。

发型变化

1

2

3

4

雨宫萤

Hotaru Amemiya

圣条学园二年级。柔弱得带些病态，动不动就因为贫血而被送到医务室。据说接近她的人都会遭到诅咒。她假冒自己童年过世的母亲夜晚在学校徘徊，因而遇到心叶等人。

早期人物草图

COMMENTED by MIZUKI NOMURA

我非常想写夏夜乃视角的故事或是萤视角的故事，但是两种都没写到，所以一直觉得好烦躁。教堂那幕的插画真是太棒了！后面远子吃着信的插图也让人觉得好感伤。主题书目《呼啸山庄》虽是希斯克利夫和凯瑟琳的故事，不过女儿凯瑟琳和林顿的故事看起来就是两个傲娇角色，我也很喜欢。

早期人物草图2

COMMENTED by MIZUKI NOMURA

就这样，黑崎的俊美度提升了。可是，不知是因为萤穿了水手服，还是因为身高差距，他看起来还是有变态的感觉。他的罪孽是无法弥补的，所以大概会一辈子痛苦下去吧。即使如此，我还是希望他在往后的人生可以遇见让他感受到希望，或是得到慰藉的瞬间。

早期草图

COMMENTED by MIZUKI NOMURA

如果被这种人跟踪就太恐怖了。这种人如果再穿上长大衣，怎么看都像个变态狂，所以我提出请求说“对、对不起，我会改一下描述，所以请把他画得帅一点”。

黑崎保

Tamotsu Kurosaki

父母双亡的萤的监护者。跟萤的母亲夏夜乃从小一起长大。

球谷敬一

Keiichi Mariya

圣条学园的音乐老师。听说是个怪人，但是拥有高雅的气质，被女学生称为「阿球」，很受欢迎。

COMMENTED by MIZUKI NOMURA

阿球那种温吞的笑容真不错。他跟夕歌相识相恋之时的故事好像很幸福，光是想象都觉得很开心。如果没有遇见那个声音，他们现在应该还是一对幸福的情侣吧，一想到这点就让人好难过。

早期人物草图

镜妆子

Shoko Kagami

七濑好友，水户夕歌就读的白藤音乐大学附属高中的老师。是球谷大学时代的学姐，跟流人也有往来。

早期人物草图

COMMENTED by MIZUKI NOMURA

人物设定是成熟的美女，我很喜欢。要思考她对球谷老师的想法、对夕歌的想法，还有对目前自己的想法实在很辛苦。

臣志朗

Shiro Omi

圣条学园一年级。图书委员。因为身体虚弱所以请了一整个学期的假，不知为何对心叶怀有强烈的敌意。

COMMENTED by MIZUKI NOMURA

臣等于是心叶镜像般的存在，所以我希望他的形象跟心叶要有映衬的感觉，才完成了臣现在的模样。看来相反却又相同——这是最大的重点。他在《天使》之中跟心叶一起出现的画面真是绝妙至极，让我百看不厌。我对单恋的角色都很没抵抗力，他刚好戳中我的要害。希望他能连同夕歌的份继续唱下去。

早期人物草图2

还是头发比较纤细的感觉。

关键词是"没有远子陪伴的心叶"。
所以就像将心叶去除弱点的感觉。
好像对信息相关领域很拿手的样子。

早期人物草图1

COMMENTED by MIZUKI NOMURA

一开始是取名为霜平贡（笑）。是在写到一半的时候才改名字的。理由也包括了节省页数，最后就改成一个字的“臣”了。他刚开始还真是个朴素又阴沉的孩子呢。

鱼谷纱代

Sayo Uotani

初中一年级。暑假期间会到姬仓家的别墅去当女仆打工。她的祖母寻子以前也在同一栋别墅工作过。

COMMENTED by MIZUKI NOMURA

低马尾版本的纱代，真是可爱。我好想以纱代的视角去描写心叶和远子啊。有机会的话，也想多写一些纱代自己的故事。我想她跟心叶他们应该会有寄送贺年卡之类的书信往来，说不定还会去东京找他们。

添田康之、理保子

Yasuyuki & Rihoko Soeda

圣条学园毕业校友。康之在十年前隶属弓箭社，理保子在当时则是担任经理。现在也还会回校指导学弟妹。

COMMENTED by MIZUKI NOMURA

从我在写第一集《小丑》的时候，就决定要让这对情侣再度上场。由心叶的视角来看，很难深入他们的内心，所以这两个角色也让我留有遗憾。理保子的那句“一起过活吧”是因为受到《万尼亚舅舅》（译注：剧本，作者为契诃夫）最后一幕的影响。

●——早期人物草图

涂鸦区

竹冈老师寄给编辑部的业务联络旁边的涂鸦，以及海报的草图。拥有本传里看不到的欢乐气氛~

远子学姐不在文艺社

考试……考试……

这次在平静祥和的日常生活背后

也隐藏了冰冷和温暖并存，

既残酷又温柔的故事。

竹冈美穗

「文学少女」的追想画廊

《文学少女》

插画集

《文学少女》1 渴望死亡的小丑

第一章 远子学姐是位美食家

「文学少女」的追想画廊

第二章　这个世界上最美味的故事

第三章　第一手记——片冈愁二的告白

第四章　五月放晴天，他……

第五章　「文学少女」的推理

第六章　「文学少女」的主张

《文学少女》插画集

《文学少女》2 渴求真爱的幽灵

第一章 食物绝对不能随便

第四章 过去的亡灵

第二章 那是谁啊？

第六章　因为这里是秘密房间

第七章　饥渴幽灵的故事

第八章　暴风的少女

终章　后来的我们

《文学少女》插画集

《文学少女》3 沉陷过往的愚者

第一章　不可以偏食喔

第三章　想要切割的东西

第二章　柠檬饼干是青春的滋味

第六章 愚者的迷宫

第五章 因为你当时哭了

第七章 「文学少女」的心愿

第七章 「文学少女」的心愿

《文学少女》插画集

《文学少女》4 背负污名的天使

第一章 绝对不能忘记点心

第二章 歌姬的行踪

第四章 「文学少女」的评价

第三章 天使在黑暗中窥视

第七章　阴暗的土里

第八章　珍重再见

第五章　那是我的初恋

第七章　阴暗的土里

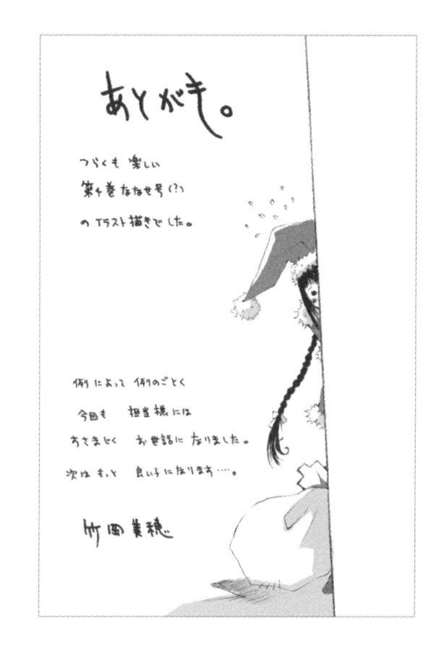

后记

《文学少女》5 绝望恸哭的信徒

第四章　繁星的地图

第一章　战战兢兢的我们

第五章　挫败的少年

第二章　井上美羽寻死的理由

第五章　挫败的少年

第九章　当你仰望天空

第九章　当你仰望天空

后记

第六章　是谁杀了小鸟？

第七章　暗夜的旅途

《文学少女》插画集

《文学少女》6 怀抱花月的水妖

第二章 读书的巫女

第一章 劫持者是坏人

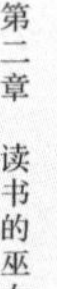

第四章 公主的理由

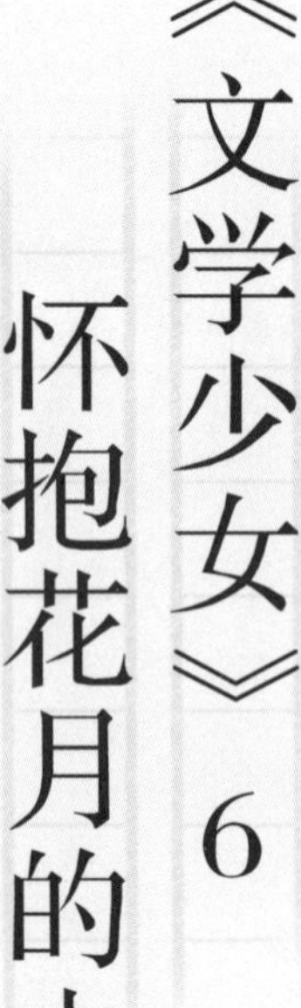

第四章 公主的理由

第五章　早到的客人·消失的恋人

第六章　绯红的誓言

第六章　绯红的誓言

终章　我一定会展露笑容

后记

《文学少女》插画集

《文学少女》7 迈向神境的作家 上

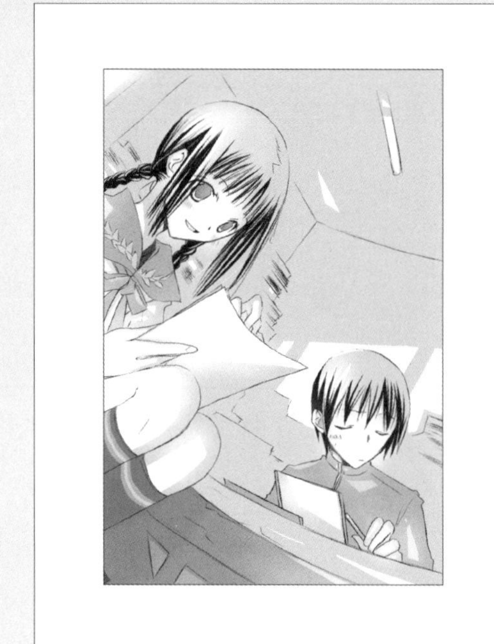
第一章　学姐与女友

第一章　学姐与女友

第二章　你背叛的那天

第三章　至高无上、光辉灿烂的地方

第四章　作家的谎言

第五章　离别之朝

第六章　死神的两个故事

第七章　佩戴堇花发饰的少女

后记

「文学少女」的追想画廊

第三章　秘藏之语

第六章　世界终结之时

《文学少女》插画集

《文学少女》8 迈向神境的作家 下

第一章　你的煽动、我的杀机

第八章　迈向神境的作家

第七章　献给最爱的人

后记

第八章　迈向神境的作家

等待与你相见的那天……

野村美月

我跟重要的人离别，是在染上夕暮金光的校园里。

在那之后的第四个春天正要到来。

◇　◇　◇

“远子姐要回来啰。”

流人说完之后眯起了眼睛，像是在观察我的反应。

这是我在连锁咖啡厅里问他“你有什么话要跟我说？”之后的事情。

截稿日刚过，我正打算倒在床上大睡特睡却被一通电话叫了出去，脑袋原本还有些昏沉沉，现在顿时清醒过来。

“她大学毕业了，心叶学长知道吧？她下个月就要回来这里工作。”

“要在哪里工作啊？”

“佐佐木先生那里。”

“熏风社……？”

我倒吸一口气。远子学姐选了跟她父亲一样的路吗？

“虽然是这样说，其实只是业务啦。既然有门路就该好好运用啊，可是她直到确定录取之前，都没告诉佐佐木先生或是我妈妈耶。只要说出她是天野文阳的女儿，麻烦的应征考试和面试都能直接过关啊。”

的确很像远子学姐的作风呢……我不禁感怀莞尔。

“她还信誓旦旦地说，总有一天要踏进编辑部去制作书籍。嘿，心叶学长，

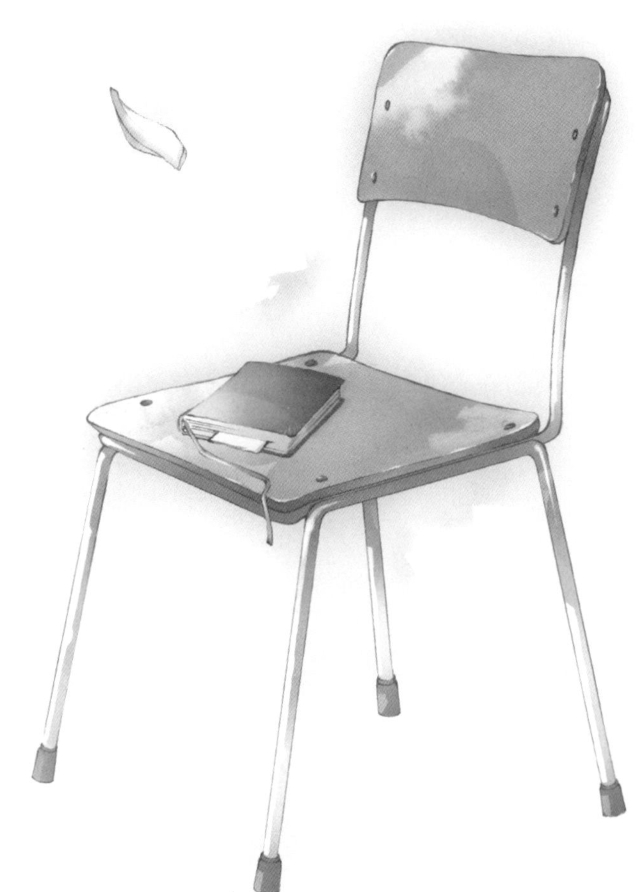

差不多够了吧？”

就像看透我内心动摇似的，流人单刀直入地说。

“在那之后都已经过了四年耶，你们两人也差不多该见面了吧？又不是去了没有任何联络方法的穷乡僻壤，四年之间竟然一次也没见面，真叫人不敢相信！”

流人老大不高兴地板着脸，把一张密密麻麻印着电车出发到达时间的纸张放在桌上。

“这是远子姐的返乡行程。她今天早上从那里出发，明天晚上就会到这边了。请挑个适当的时机去接她吧。”

“明天？呃……今天早上从北海道出发，为什么明天才会到？这个渡轮的出航时间到底是……难道她打算一路换电车过来吗！”

“她好像觉得买电车一日票再转搭渡轮比较便宜吧。”

“可是这样要花上整整两天耶，搭飞机不是比较轻松吗？只要用心点找，也找得到便宜机票啊。”

“算了啦，她也有自己的坚持嘛。”

流人虽然帮她说话，但也露出一副苦瓜脸。不过他立刻眼睛发亮，猛然探出上身说：“对了，我建议心叶学长可以去接这班深夜抵达的渡轮喔！距离早上第一班电车的发车时间有两小时，如果能去旅馆休息到早上不是很棒吗？虽说都已经四年了，她的胸围还是没什么长进，不过平也是有平的好处啦。”

喂！胡说些什么啊！

我一边在心中默默吐槽，一边平静地说：“远子学姐说了什么？她对你说想要见我吗？”

“这个……”

流人转开视线，皱起脸孔。

“她说现在不能见心叶学长……”

他像是不太能认同地喃喃说着，然后又以吃人般的凶狠视线盯着我。

“可是，远子姐一定很想见心叶学长，所以只要心叶学长主动去找她的话……”

“我不会去的。如果远子学姐说了不见面，那我也一样。”

听我说得这么决然，流人很难过地皱起脸庞，沉重地坐回椅子。

“为什么要这样？远子姐要去北海道的时候，我也相信心叶学长一定能留住她……甚至都写那种小说了。那根本等于是写给远子姐的情书吧？可是，为什么让她一个人走？为什么那个主角不去追她？”

我的胸口隐隐作痛。

幸福故事的苦涩结局。

那是基于我自身的经验而写的。

向晚的柔和金光、在风中飞舞的白色花瓣。梦幻摇曳的辫子，渐渐远去的背影。

我好几次叫着她的名字。

“远子学姐！远子学姐！”

其实我真的很想追上去。

很想抓住她的手，抱紧她，再也不放开她。

我不能没有你！我想跟你在一起！如果我这样哭喊，或许就不会演变成这种不得相见的局面了。

可是。

等待与你相见的那天……

“不能追上去……‘他’是这样想的。”

没错，不能追上去。

“因为她……没有回头。”

说出这句话的瞬间，我的胸口涨得几乎裂开。

如果当时远子学姐稍微转过头，用哭泣般的眼神看着我，我一定会冲过去。

但是远子学姐没有回头。

她走出大门的时候肩膀有些颤抖，但她完全没有回头。

所以我也没办法追上去。

心胸欲裂、喉咙酸苦、遍体刺痛——虽然我难过得要死，却还是顽强地想着不能追上去。

远子学姐在那之前一直牵着我的手。

让我就近感受着那温暖、柔和的存在，一边走到那扇门前。

“别再哭了。”

“勇敢地站起来，一个人走下去吧。”

以蕴含着爱意的声音，温柔地轻轻诉说。

跟我有着最深羁绊、一直注视着我的远子学姐如果是这样盼望的，那我一定得靠着自己的意志独自走进那扇门。

要不然，远子学姐一个人离开就没有意义了。不管我多么幼稚，至少还能明白这一点。

现在该是时候去亲身证实我对叶子小姐说

过的那些话了。

窄门并不是一定要抛弃一切才能进去的至高无上之门。

如果心中怀抱着重要事物走下去，就能照亮阴暗狭窄的道路——我对那位孤傲的作家这样说过。

“……受不了耶……为什么你们两人都这么固执啊？”

认真听我回答的流人难以释怀地抱怨着。

“既然这样，至少看看照片吧？我在她的毕业典礼上拍到很棒的照片喔。远子姐变得越来越漂亮，也更有魅力了喔。只要心叶学长看了这个，一定会想要立刻去见她的！啊，我也有录像喔！”

“不用了。”

“又来了！我为了心叶学长，费尽苦心拍了远子姐的成人式照片、毕业典礼照片、加拿大旅游照片、温泉旅行的浴衣照、海水浴的泳装照，可是心叶学长全都不看。”

“抱歉，因为我怕看了照片会让自己心情动摇。”

我微笑着说完，流人就握紧手机，露出消沉的表情。

“你又……跟远子姐说了同样的话。”

“呃……”

“远子姐也一样，我说要让她看看心叶学长的照片，她就回答不用了，因为看了照片说不定会哭。”

“……”

“她明明买了心叶学长全部的书，还再三读到破破烂烂的耶。”

近乎心痛的甜蜜滋味涌上我的心头。

她读了我的书啊……

“行程表就放在这里，随便心叶学长高兴怎么做吧。可是就我来看，心叶学长比起那时已经成长不少，也变得更坚强了喔。”

流人露出淡淡的笑容，然后走出店外。

远子学姐要回来了。

我靠在咖啡厅的椅子上，低头沉思。

食指点在嘴唇上，已经成了我思考时的习惯。

这也是远子学姐的习惯动作。

——你们两人也差不多该见面了吧？

——心叶学长比起那时已经成长不少，也变得更坚强了喔。

事到如今，我已经可以跟那个人在一起了吗……

我已经不会只是依赖，成为那个人势均力敌的同伴了吗……

——嘿，井上还不跟远子学姐见面吗？

琴吹同学也这么问了。

我跟琴吹同学各自上了不同的大学，不过还是经常见面，也会用手机聊天。

——竹田和樱井经常去找远子学姐喔，井

等待与你相见的那天……

上也一起去就好了嘛。

我也好想见远子学姐啊……琴吹同学在手机里这么喃喃说着。

她还说“如果井上不去见远子学姐，那我也不去……所以快点去见她吧。”

琴吹同学现在是我的好朋友。

但是，每当谈起那个人的时候，我们的心中都会涌起同样的伤痛。

直到跟那个人重逢之前，我和琴吹同学大概还是会一直怀着这份伤痛吧。

“如果我去见你，你会高兴吗？”

我忍不住脱口说道。

我无法想象，如果我真的去见远子学姐，她会作何反应。

流人说她一定会很高兴。如果搭飞机或新干线，就有充分的时间等她了……

我拿起流人留下的行程表，认真地读了起来。

这时放在我裤子口袋里的手机响起。

“喂喂。”

“啊，井上老师！”

是我的责任编辑打来的。今天早上我用电子邮件把杂志连载的原稿寄过去，大概是要谈这件事吧。

“原稿已经收到了，可是页数不够耶。”

“咦，不是有六十页吗？”

“我应该说过这次要增加页数，麻烦井上老师写一百页吧？”

“咦咦！”

糟了！我漏看邮件了吗？

最近还要准备大学的报告和考试，正是最忙碌的时刻，说不定是跟其他工作弄混了。

“对不起，我立刻重写！好的，好的，明天晚上一定可以交稿。”

我频频鞠躬，挂断了电话。

冷汗一下子都冒出了。

大事不妙了，非得快点回家写稿不可！

舞花正要对我说话，才刚叫了一声“哥哥”就被我赶出房间，我打开计算机，埋头写起稿子。

真是令人不敢置信的失误。

这已经是第五次连载，是不是我心情松懈过头了呢？真丢脸……在这种情况下，我根本没脸去见远子学姐啊。

我不眠不休地持续敲打键盘直到隔天中午，花了整整半天时间，好不容易才赶完一百张原稿。

再来只剩下校稿，然后用电子邮件寄出。

为了让头脑稍事休息，我走出房间去冲个澡。

或许是因为昨天也熬夜，导致身体疲劳过度。我换过衣服回到房间，打算先休息片刻，结果一倒在床上就沉沉睡着。

醒来以后，外面已是一片漆黑，我的身上盖了毛毯和棉被。是妈妈盖的？

不对，更重要的是现在已经几点啦？

我一看时钟，当场吓得半死。

七点了！

编辑刚好在这时打电话来。

“现在已经写完了。不，还要再做一些细微的润饰……好的，没问题。”

我再次面对计算机检查原稿，逐步校对。

哇，越慌乱就越难静心思考。

我一边担心能不能赶上期限一边检查，寄出原稿的时候已经是晚上十点了。

“呼！解决了。”

我虚脱地倒在椅子上……

这时我看见丢在桌边的行程表。

我不打算见她。

还不能见面，我现在只是个学生，远子学姐也终于找到工作，才走上自己的路……

但是，我的视线却离不开那张纸。

还来得及……

这个念头随着绞紧脑袋的剧痛浮现而出。

如果在远子学姐家附近的车站等待，就见得到她……

不能见面。

我紧咬牙关，拼命制止自己。

就算现在去见她也是枉然。

但我拚命抑制的心情却又从旁涌上胸口。

好想见面。

不交谈也没关系，即使只看她一眼也好。

如果躲在远处，不让远子学姐发现，只是偷偷看她的脸，这样不就行了？

这股冲动有如燎原的野火。

我抓起外套，冲出房间。

◇　◇　◇

搭出租车前往车站的途中，我一直想着远子学姐。

就像在离别的四年之间，每次感到寂寞痛苦我都会再三想起我们共同度过的那两年一样。

在木莲树下读书的辫子少女……

那次邂逅并非偶然。

我没发觉的事，还有大意疏忽的事，一定多到不可胜数。

用这种眼光回头去看那温馨而悲切的两年，就能发现许多事。

譬如说，当我第一次递出一本五十页的稿纸册时，远子学姐脸上带有紧张色彩的事情。

当我拿她的胸部开玩笑，她气得敲我的头以后，还会悄悄低头看着胸部，显得很无精打采的事情。

当我不小心摸到她的手，她会吃惊地张大眼睛，变得面红耳赤的事情。

借由这些浮上脑海的小事去胡乱想象远子学姐的心情，真的很愉快。

说不定，那时远子学姐的笑容背后其实是很焦急的。

那时她会露出不高兴的表情，说不定是因为害羞。

远子学姐的心中说不定就像当时的我一样，有一股躁动不安的心情正在萌芽。

这都是我单方面的“想象”。

如果远子学姐窥见了我的内心，说不定会挥着手，红着脸否认说“才没有、才没有、才没有啦！”

等待与你相见的那天……

虽是独自一人，但我并不孤独。

这四年之间，远子学姐一直在我的心底。

跟离别之时相比，已经变得更喜欢更喜欢了。

我一直在恋爱。

忍不住想要见她。

好想听她的声音，想得要命。

所以……

所以，远子学姐。

已经够了吧？

我已经当上作家，所以，已经够了吧？

只是看看你的脸没关系吧？只是想要证实你并非虚幻，而是活生生地存在于我的世界，应该没关系吧！

我下了出租车，奋力冲向车站的入口闸门。

就在此时……

即使如此，用其他角度重新去看远子学姐带给我的各种故事，依然是一件幸福的事。

“心叶，社团时间到啰——”

每当这个开朗声音在我耳中苏醒，黑暗之中就会亮起一小盏灯光。

因为有这光芒的鼓励，我才能够勇敢站起，独自走下去。

我就这么持续走了四年。就算想哭的时候，我还是咬紧牙关，握紧拳头，绝不让自己哭出来。

强风吹来，一条白色围巾飘到我的眼前。

“！”

视线被一片白色覆盖，片片记忆在我的脑海掠过。以清澈眼神微笑的文学少女、围在我脖子上的温暖围巾、滴落脸颊的泪水、堇花的香气、十七岁的我、十八岁的她……

“好了，别再哭了。”

温柔得有些颤抖的声音。

在那天立下的约定。

“对不起！”

一位陌生女性慌忙跑来，对愕然的我道歉说不小心让围巾被风吹走。她接过围巾之后，跑回同行的男性身边。

宣布电车到达的广播从闸门里传来。

我依然站在原地。

“答应我，心叶。”

发狂似的热度渐渐从我的体内消退。

温暖的声音在耳底回响不已。

那个声音、那句约定，把软弱的我拉回来了。

我紧紧握起拳头。

如果等在这里，应该见得到远子学姐。

但是，远子学姐不会期望这样的。

我转身离开了车站。

从背后袭来的强风吹得我全身颤抖，我在心里死命压抑着想要回头的冲动。

四年都已经等了。

就等下去吧。

如果是为了将来能够永远在一起，要我等多少年都行。我会变得更坚强的。

无论是我，还是那个人，都还没办法独当一面。我们都还不够成熟，就连一张照片都能让我们心情动摇、无法平静。

现在不是诉苦示弱的时候，黑夜还会持续下去。

就算这样，独自走在黑暗道路上的我依然可以“想象”。

想象着远子学姐以编辑身分来见我的辉煌未来。

季节一定是夏季。

这样的话，我就围上远子学姐留给我的围巾去迎接她吧。

把她在圣诞夜送我的小熊玩偶的嘴巴贴上纸画的鲑鱼吧。

然后再写一篇甜美的点心来庆祝我们久别重逢吧。

她的编辑父亲绝对不会吃下作家叶子小姐的原稿。

所以，远子学姐或许也不会接受。就像她在离开的那天将原稿还给我一样，她或许会说她不能吃。

真不巧，这点我都想好了。

远子学姐是个贪吃鬼，所以她一定会遗憾万分地不住偷看还给我的点心吧？她一定会装作不在意，其实心底慌张不已，声音还越来越拔尖。

当我看准她忍耐到极限的时候，就要平心静气地对她说：“别硬撑了，请吃吧，这就是为你而写的。”

远子学姐想必会红着脸装傻说：“什么东西啊？”

所以我就要再说：“请吃吧，这是井上心叶写的。虽说井上美羽是大家的作家啦……”

忧虑注视着我的她一定会就此陷入命中注定的恋情。

目光与目光交会。

带着甜美的微笑。

“井上心叶是我一个人的作家。”

〈END〉

等待与你相见的那天……

等待与你相见的那天……

from 尾崎弘宜 老师

from 井上坚二 老师

我喜欢流人。

没有啦，这是误会。虽然我好像可以听见有人在酸我是同性恋还是GAY还是好男人的声音，不过井上坚二真的是个拥有普通性倾向的人。

《文学少女》的每一位登场人物都很有魅力，像是远子学姐、琴吹同学、心叶这三人，已经不需要我再来多说什么了吧。因为我想着在这三人之外自己最喜欢哪个角色，所以才会有开头的那句结论。绝对没有任何性爱方面的涵义。

虽然他在这部作品里一直逼迫心叶，对女孩子一个接一个地出手，还对琴吹同学做了那么过分的事，形象非常差，可是我觉得就是这样更能显出他是个很有人性魅力的少年。特别要提一下他在知道有了孩子之后的行动，如果他真的是把女孩当作猎物的坏蛋，受到那种对待也不会有这么在意对方的举动吧。

强烈的亲情、出众的行动力，还有割舍不下的感情，像这样充满人性的角色实在是很少见。心叶他们也很不错，但我觉得流人和其他众多充满人情味的角色也是《文学少女》的魅力点之一。谨以个人的身分期待着收录支线故事的《插话集》。野村老师，请加油喔！

附带一提，虽然大众一般认为人对于拥有自己缺乏部分的对象特别感兴趣，但是井上坚二在此要提出反驳。喜欢很有女人缘的角色，绝对不代表我自己很没有女人缘喔！

井上坚二

from 依澄玲老师

from 椊末高彰老师

坦白说，我是因为读了《文学少女》系列才开始去看太宰治的，武者小路实笃也是一样。此外还有很多想要读，但还没实际接触过的作品。

这真是罪恶的作品啊，远子学姐真是个罪人啊。啊，妖怪吗？对不起！是文学少女啦。总而言之，看她把古今东西的名著说得那么美味，让我也不禁想要去吃吃看。在初中、高中时代被硬塞，不只是不好吃，甚至让人反胃的文学作品竟然拥有这么丰富的滋味，而我吃都没吃就先排斥了，这些事都是有着远子学姐的这部《文学少女》系列教导给我的，光是这点就让我感激不尽了。

《文学少女》一边描绘心叶、芥川、七濑等登场人物，还有远子学姐各自的烦恼痛苦，一边叙述着过去的名著对活在当下的我们直接传达了哪些话语和想法。爱恨、纠葛、悲伤、友情、幸福，全都跨越时空朝我们靠近。

说得太沉重了吗？的确是放够厥词了啦。简单说，就是“我个人最喜欢美羽！”什么？最后一句话把前面的气氛都打坏了吗？都白提了吗？耶！《文学少女》最棒了！

……失礼，对不起，真是抱歉。

我最喜欢《文学少女》了。

椊末高彰

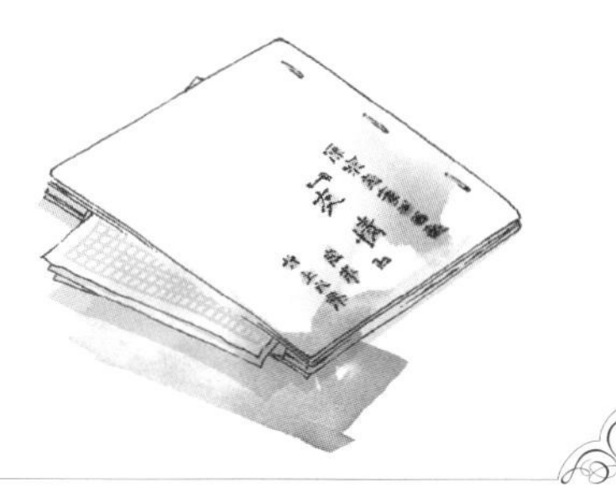

from 高坂里多 老师

from 葛西伸哉 老师

所有的小说就本质而言都是"预言书"。

不，这并不是说类似缩网址服务那样藏了什么暗号的东西喔。在看书的时候，尤其是在青春期，经常会有"这就是在写'我'！这是为'我'而写的书啊！"的想法。不过，如果这种念头太过头的话，恐怕会变成《头号书迷》（译注：Misery，史蒂芬·金的小说，内容是疯狂书迷绑架作家，逼迫他写出自己想要的结局）那样吧。

因为能将情感投入六十年前的《人间失格》和超过百年历史的《呼啸山庄》之中，并且深受感动，所以要说像是预言，或是时光胶囊之类的东西也不为过吧。

同时，作者和读者都是会互相背叛的。

不，也不仅限于这种组合，就算是情侣、朋友、亲子之间，如果只有一方付出感情，但是另一方却没有同等响应，或许也无法完全理解彼此吧。

不过也就是因为这样，若是对书中某人的想法感同身受，对那个角色的感情就能以同样的力道接触到对方的内心，这不是很棒吗！

让我兴起这种想法的《文学少女》，或许对所有的作者和读者来说都是"'我'的故事"吧。

此时正在阅读的我们和野村老师当然不用说，我相信就算是将来才接触《文学少女》而阅读的人，也一定能够看到切合自己想法的部分吧。

葛西伸哉

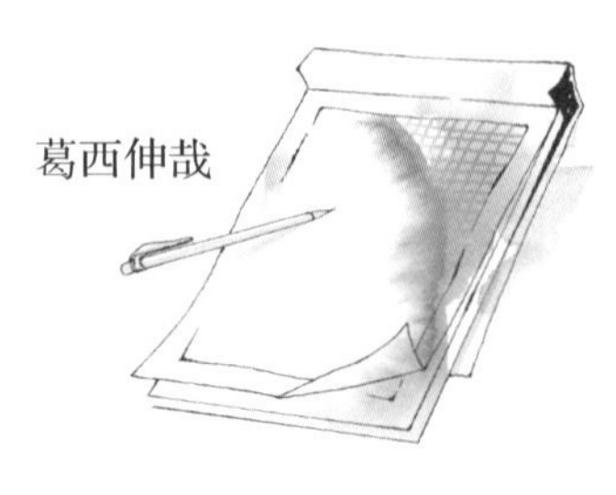

from 君塚葵老师

from 木村航老师

某写过作家都是吃些什么东西的书，就是《文人恶食》和《文人暴食》这两本（皆是新潮文库）。这是由作者岚山光三郎花了十年以上的时间撰写，费尽九牛二虎之力才完成的作品。

好比说，里面记载着森鸥外喜欢把包红豆馅的馒头放在白饭上，做成茶泡饭来吃。太宰治会在鲑鱼罐头里洒上满满的味精来吃，樋口一叶为了请客人吃鳗鱼还专程跑去借钱。喜欢什么、讨厌什么、吃些什么、如何吃法、以何种态度过活，诸如此类描绘了跟作品密不可分的作家种种真实的生活型态，应该可以让读者见识到更深入的戏剧吧。

读过《文学少女》系列的我们，能够看见远子学姐和心叶吃些什么，以及如何生活。这些都是受尽创伤的这两人所演出的戏剧，也是对所有曾经想要创作些什么的人所展现的，通往神话的道路。

只要憧憬着这个故事，想着这两人今后一定会有各种新样貌，就能得到像是在观赏蛋糕店橱窗般的雀跃感觉。但愿大家都能品味到各种好吃和不好吃的东西，以及珍馐佳肴和寻常菜色，并且能像偶尔想起怀念的点心滋味一样，回忆起远子学姐屈膝而坐的模样。

木村航

from 成濑千理 老师

from 佐佐原史绪 老师

恭喜《文学少女的追想画廊》出版。

对于从头到尾、贯彻始终都最喜欢远子学姐的我来说，《文学少女》的续集实在让人感到矛盾。“因为很有趣，所以不希望结束”这种心情，和“想要多知道一些远子学姐的事”的心情让我陷入严重的天人交战。因为，我不管怎么想都觉得她的人生一旦变得光明就到了故事结局。没看到最后一集也不可能知道一切，该怎么办呢？

因此，我是抱持着相当大的觉悟才拿起《文学少女 8 迈向神境的作家》。可是才看不到几页，这份觉悟就烟消云散了！真是太厉害了，野村老师！这还真叫人害怕啊，野村老师。

所谓的作家，是外表和内在非常不一致的生物，这应该是众所皆知的事吧。在我认知里的野村美月老师明明是个“虽然聪明但是不管什么时候看到都在吃东西的悠闲温柔的小姐”啊！就是因为这样，更让人想不到她能把朝仓美羽、樱井叶子等人的爱恨情仇描写得那么鞭辟入里。尤其是樱井叶子这样和那样的一连串行动（极力避免泄漏剧情），就一般观念来看只是一种疯狂。但我却会觉得“啊啊，好像可以理解……”，所以我自己或许也是很这样那样的呢。

总而言之，希望在已经完结的书中世界，各个迷人的角色今后也能过得幸福，我在此以一位书迷的立场诚心祈祷。

佐佐原史绪

from 美香君佳子老师

from 田口仙年堂老师

大家好，我是田口。借着《文学少女的追想画廊》发售的这个机会，刚好来畅谈一下纳博科夫（译注：小说《洛丽塔》的作者。）……咦，不对吗？那就稍微说一下劳伦斯的《查泰莱夫人》吧……呃，这个也不行？那我到底能谈哪本情色文学啊！？而且纳博科夫又不是情色小说家！

言归正传，我也是从这部作品开始时就看得很着迷了。只要一开始看，就会整个人沉浸在作品里，所以非常累人，不过这种疲累的感觉却很舒服。

在看第一集时，登场人物跟野村老师以前的风格大相径庭这一点让我非常惊讶，不过仔细想想，唯独远子学姐是野村老师向来会写的女主角呢。发现这件事，就更能乐在其中了。

包括这点在内，这是一部相当令我喜爱的系列……只有一点除外！男性那么婆婆妈妈是不行的！其中的芥川倒是一位贯彻原则的男子汉，是个连男人都会崇拜的男人。心叶，你交到了好朋友喔。这是我最喜欢的角色。

对了，如果来谈谈三岛由纪夫《假面的告白》应该……啊，不行吗？

田口仙年堂

from 日吉丸晃 老师

from 竹冈叶月 老师

这部小说读起来简直就像在登山一样。

登场人物的烦恼都很沉重，走的又是山路，而且没缆车可以搭乘。因为这是小说，所以只能用自己的想法去阅读文字、构思情景、想象登场人物的心情，就像高原校外教学一样有爬不完的山。

在绑辫子的《文学少女》的鼓励之下，持续拖着双脚艰辛攀爬，然后见到了山顶的景色——确实就像这样吧？

其实说穿了还是山的一部分，即使以为到了山顶，说不定只走了七成的登山道，脚边还有别人乱丢的空罐。但是此时见到的情景，绝对是至今辛苦攀登的路途之中最棒的景象。光是看到这些，就会想着“啊啊，继续爬吧”、“想要继续走”而涌出了力量。

这部小说让我好几次品尝到，走出了漫长黑暗的迷雾道路尽头能见到多么美丽绚烂、多么难以想象的景色。当我看得出神时，“文学少女”在一旁露出堇花般的笑容，就像在说“很好吃对吧？”，说不定这其实是作者野村老师本人的笑容呢。

在茶会见到野村老师时，能够听见前辈的美食经就让人觉得很幸福了，但我更要在此表达阅读之后的感谢。

谢谢招待！

竹冈叶月

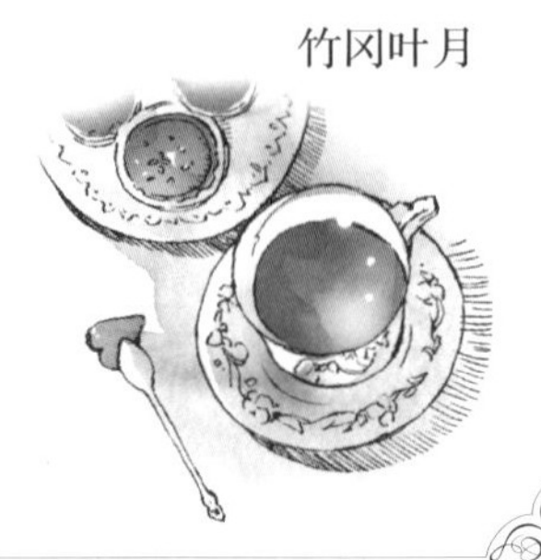

from 富永浩史 老师

贺本传完结以及画册发售，首先要说一句：

“远子学姐好萌！”

……我还是冷静点吧。好了，要说《文学少女》的魅力嘛，绝对是内容和插画巧妙交织营造出的“透明感”，像是随时都会消失的梦幻美感。不过说真的，远子学姐那种“青春幻影”的气质还真让人心跳不已呢。

是说，我听说透明水彩这东西跟它给人的印象不同，其实是很难处理的画具。最麻烦的就是即使画坏了也不能盖掉，所以一定要经过详细计划才能动手去画。哎呀，可是我又不是画家，说这种话也没什么说服力啦。

我觉得这部作品的角色似乎也有透明水彩的这种特性，看起来像幻影，又会透出其他模样，重复涂上其他色彩也不会盖掉原有颜色，而是会变成一种新的颜色。

就某种意味而言，或许该说太大胆了点，但是回头看看，野村老师描写的女性也总是拥有这种特质呢。

不过，这样很不错。

基于这份透明感，我觉得远子学姐是没办法被立体化的，但是好像仍有些勇于挑战的愚者（这是褒奖之词）。是说我根本已经买了。因为烦恼着该怎么上色，所以如今还没动手。

富永浩史

首度出处：《文学少女 8 迈向神境的作家 下》插画

天野远子口中的文学滋味

本系列里古今东西的文学名著，加上远子学姐畅谈的「味道」总整理。

※页数皆是日文各集首度出现此段台词的地方。若是出现在离远子的台词较远之处，则一并标明台词的页数。

※这里列举的文学作品皆出自已出版的八集本传，不包含网络上连载的「文学少女今天的点心」和「文学少女的秘密书柜」等作品。

文学少女 1 渴望死亡的小丑

◆葛里克

“葛里克的小说充满冬天的气息。就像新雪在舌头上悄悄融化般，那股冰凉与虚幻交错的感觉，将心灵洗涤得澄澈清净，那样的美，又带着一股感伤。”（P8）

“葛里克的小说可以冷却发热的心，就像能疗愈人心，最高级的美味冰果冻般。那种润喉滑顺的口感，让人无法招架。”（P10）

《海神号》《Mrs. Harris》《雪鹅》《珍妮》《一片雪》（P10）

◆夏目漱石《夏目漱石全集》（P32）

◆菲茨杰拉德《了不起的盖茨》

“菲茨杰拉德写的文章味道豪华极了。虚饰、荣光，以及热情舞动的华尔兹，就好像在派对中品尝光亮的鱼子酱和香槟酒般。放进嘴里，用牙齿一咬，纤细的薄膜就破掉了，洋溢着香气的液体就在舌头上转动。”（P36）

◆荷马《伊利亚特》（P56）

◆芭芭拉・卡兰德《修道院女神》

“感觉就好像将饼干泡在粉红色的香槟酒里，不是吗？”（描述在浴室看书弄湿书页的情况）（P77）

《爱火燎原》（P57）

◆潘妮・乔丹《SILVER》（P57）

◆太宰治

《人间失格》（P83）《HUMAN LOST》《快跑！梅乐斯》《富岳百景》（P90）《狂烈告白》（P91）《女学生》（P92）《叶樱与魔笛》（P236）《雪夜的故事》《皮肤与心》《浪漫灯笼》《耻》《Good Bye》《时尚童子》《如是我闻》《畜犬谈》《货币》（P237）《伽草纸》《斜阳》（P238）《黄金风景》（P239）

文学少女 2 渴求真爱的幽灵

◆白涅德夫人《小公子》《小公主》（P10）

◆琼・艾肯

《三个旅人》

“就像新鲜的水果，好比金黄透亮的柳橙、清香宜人的香橼，或是珠宝般的麝香葡萄，感觉只要在口中嚼碎就会流出冰凉甜美的果汁呢！”（P10）

《威利山庄的狼群》

“里面出现的小女孩们，就像母亲烤的姜饼一样香脆可口，很值得推荐。”（P11）

《雨滴项链》《包了一块天空的派》（P10）

◆夏目漱石《梦十夜》

“那种如梦似幻的优美故事，就像充分成熟的葡萄酒一样美味。让香气和热度顺着喉咙落在心里，为那诗歌般的文章感动吧！”（P37）

《夏目漱石全集》《三四郎》《之后的事》《门》（以上是初期三部作）（P37）《我是猫》（P119）

◆中岛敦《山月记》（P39）

◆柳田国男《远野物语》（P53）

◆中川李枝子《古利和古拉》（P56）

◆林格伦《欢乐村的六个孩子》（P56）

◆雷蒙德・钱德勒《漫长的告别》（P61）

◆王尔德《莎乐美》（P66）

◆斯蒂文森《金银岛》（P71）

◆欧・亨利《欧・亨利短篇集》（P99）

◆芥川龙之介《芥川龙之介短篇集》（P99）

◆星新一《星新一极短篇故事集》（P99）

◆乔治・麦克唐纳

《乔治・麦克唐纳童话全集》

“简直就像妖精做的面包，在舌上的触感柔滑细致，一入口就芳香四溢，咬起来又有嚼劲，好像是平时就吃惯了的东西，却又别有一番风味。吞下去之后残留在嘴里的味道也很浓醇呢！”（P211）

《日之少年与夜之少女》《北风的背后》（P103）《公主与妖精》《公主与柯迪》（P211）《妖精的酒》《轻轻公主》《金钥匙》《仙缘》（P212）

◆ C.S. 刘易斯《纳尼亚传奇》（P104）

◆麦克・安迪《说不完的故事》（P104）

◆露西・蒙哥马利《红发安妮》（P120）

◆国木田独步《武藏野》

“这本书不可以读太快，非得一个字一个字细细品味不可。就像在沉静的杂木林里，坐在长满青苔的石头上，吃着只加上薄盐的五穀米饭团。不可以匆匆忙忙地塞进嘴里，而是要从旁边一小口一小口咬下，这么一来，质朴得令人怀旧的滋味就会在口中缓缓散开，不知不觉间，就会发现自己已经吃饱了。”（P155）

《初恋》

“最后一段文章就像酸酸甜甜的樱桃口味呢。”（P156）

《诗想》《小春》（P156）

◆简・奥斯汀《傲慢与偏见》

“就像在蔚蓝的天空下，坐在维多利亚式的庭院里，一边跟朋友聊天，一边吃着水果加干果做的小糕饼和鲑鱼火腿三明治的感觉！”（P163）

◆艾米莉・勃朗特《呼啸山庄》

井上心叶的「点心」笔记

当远子学姐吵着「要写个甜蜜蜜的故事喔！」讨点心吃时，心叶诚心诚意（？）为她写出的点心三题故事是怎样的滋味呢？

【初恋／草莓大福／国会议事堂】《小丑》P10
男主角在国会议室堂前巧遇的初恋女友被凭空而降的草莓大福盒子打到头而死亡的故事。

“我不要！好奇怪的口味。好像豆腐味噌汤里浮现红豆馅一样。呜，我想吐，好难吃唷！”

【云／抹茶酥饼／亚林可可罗林】《小丑》P187

【订书机／游乐园／羔羊涮涮】《小丑》P195
像刺猬一样在背上背满大量订书机的羊在游乐园里迷路，然后被魔女欺骗，最后被做成羔羊涮涮的故事。

“唔……难吃……唔唔……这是我由衷的感想。真、真是复杂的味道，这、这实在是……真难吃……唔，唔唔唔……好吃……很好吃……真是的……唔唔唔……只要想着好吃的话，一定会变好吃的……唔唔……”

【苹果园／秋千／全自动洗衣机】《幽灵》P8
少年跳进了全自动洗衣机到达了世界尽头的苹果园，每当他荡起秋千，就会有长着人类五官的苹果发出悲鸣落在地上的故事。

“辣死人了啦！辣死了——我的舌头都麻了，眼睛好像要喷出火，鼻水也快流出来了。这种故事太辣了啦，心叶！”

“我还以为自己吃的是加入清爽鲜奶油的苹果派。吃得正高兴的时候，苹果的味道突然变成色泽鲜红的麻辣担担面，肉桂粉也变得像辣椒粉一样呛鼻啦！”

【鲱鱼子意大利面／东京巨蛋／处女座的少年】《幽灵》P8

“唔唔……中间的味道比较淡。或许可以试着写短一点，把节奏加快一点可能会比较好。啊，最后一段味道很温和，很好吃呢，就好像芒果布丁。”

【苹果园／秋千／全自动洗衣机】《幽灵》P307
在充满透明的光芒和酸甜香气的苹果园里，他和她笑着启动全自动洗衣机，在喀搭喀搭震动的洗衣机旁荡秋千玩耍的故事。

“好像是加入柠檬、蜂蜜和红酒一起熬煮再冰过

“我越读这本书，越觉得饥饿。心中饥渴不已，喉咙也不由自主地缩起，脑袋也因为近乎疯狂的饥饿感而发热，几乎无法呼吸。但是不知为何，我每次还是会持续读到最后。”（P228、267）
◆横沟正史《八墓村》《狱门岛》（P205）
◆托尔金《魔戒》（P212）
◆刘易斯·卡罗尔《爱丽斯漫游仙境》（P212）

文学少女3沉陷过往的愚者

◆伊藤左千夫《野菊之墓》
“尝起来就像刚摘下的杏果呢。就好比站在夕阳照耀的田埂上，用指尖轻轻捏起染成黄昏颜色的杏果含在嘴里，慢慢咀嚼的感觉吧！咬破果实的薄皮，温和的酸味和充满幸福的甜味就渗透到舌尖，那特有的苦味，还会让人感到心头一紧呢！”“就像杏树每年都会结出不同味道的果实，不管吃多少次，每次都有一番新鲜滋味呢！”（P7）
◆森鸥外《舞姬》（P7）
◆川端康成《伊豆的舞娘》（P8）
◆樋口一叶《比肩》（P8）
◆有岛武郎
“像洒上大量柠檬汁的新鲜生牡蛎。”（P30）
《一串葡萄》（P23）《与生俱来的烦恼》（P30）
◆田山花袋《棉被》（P24）
◆武者小路实笃
“就像一流的厨师做出来的豆腐料理。不只拥有滑嫩又清淡的口感，同时又可以品尝到大豆绝妙的甘甜浓醇风味，还带有画龙点睛的微苦，吃完最后一口的瞬间，真会让人忍不住感叹‘太美味了’！”（P31）
《爱与死》
“像白白嫩嫩的豆腐一样清爽，就算不沾任何佐料直接吃也很好吃喔！”（P29、31）
《友情》
“就像沾上柚子醋的汤豆腐一样，吃完之后嘴里肚里都暖烘烘的。”“就像是淡淡的酸味和柚子清香，让人感到胸口都紧起来了唷。”（P39、54）
《真理先生》（P282）
◆志贺直哉
“就好像名人打制的滑嫩弹牙极品荞麦面。”（P30）
《城崎散记》《小学徒的神明》（P30）
◆里见弴
“就像经过慢火炖煮、表面滑溜溜的小芋头一样。”（P30）
《极乐蜻蜓》（P30）
◆珍·尤兰
《珍·尤兰作品集》（P116）
《月下看猫头鹰》（P159）
◆北原白秋
《北原白秋诗集》（P116）
《海雀》（P159）
◆椋鸠十
《椋鸠十童话集》（P116）
《大造爷爷和野雁》（P159）
◆小松左京
《小松左京短篇集》（P116）
《外星人的课题》（P159）
◆萨冈《你喜欢勃拉姆斯吗？》
“拥有明快的都市风味，就像法国料理的鸭肉派开胃菜一样美妙、清凉又优雅的味道呢！”“一边品味法国派纤细的口感，一边享受鸭肉的丰富味道，然后再加上旁边配的琥珀色汤冻，在口中融成深奥的美味，就像味道直接渗入心胸啊！”（P119）
《你好，忧愁》（P119）
◆雨果《悲惨世界》（P158）
◆奥尔科特《小妇人》（P159）
◆鲁思·史提儿丝·贾纳特《艾莫的冒险》（P159）
◆斋藤隆介《魔奇魔奇树》（P159）
◆芥川龙之介《橘子》
“那是会让人胸口揪紧，酸酸甜甜的幸福滋味。”“虽然很酸……却会深深地渗入心中。”（P179、188）
《芥川龙之介作品集》（P194）
◆罗伯特·布朗宁
《罗伯特·布朗宁诗集》（P248）
◆契诃夫《樱桃园》（P312）
◆特拉佛斯《随风而来的玛丽阿姨》
“又甜美又松脆，上面的杏仁也好香！”（P314）
◆韦伯斯特《长腿叔叔》
“柠檬的芳香在舌上散开了！”（P315）
◆白涅德夫人《秘密花园》
“玫瑰色的果酱又甜又酸，让人觉得好罗曼蒂克啊！”（P315）
◆刘易斯·卡罗尔《爱丽斯漫游仙境》
“用淡淡的苦涩提味，真是太好吃了！”（P315）

文学少女4背负污名的天使

◆石川啄木
《悲哀的玩具》《一把沙子》
“就像在吃满满一大盘的醋渍红白萝卜丝一样——吃着渗入醋味的爽口白萝卜和坚硬胡萝卜，借以体会人生的辛酸，一边以少量砂糖的甜美鼓起勇气咀嚼吞下。”（P9）
◆卡罗·哥兹《图兰多公主》（P54）
◆卡斯顿·勒胡《歌剧魅影》
“就像缠绕舌上的肥鹅肝浓厚滋味，被盛在奢华玻璃杯里的冰凉皮耶爵香槟一洗而尽，更显美味爽口。”（P57、278）
《黄色房间之谜》（P230）
◆梅里美／比才《卡门》（P76）

的苹果……好甜……好美味……”

【宫本武藏／电暖被／盂兰盆舞】《愚者》P12
宫本武藏跟电暖被比赛跳盂兰盆舞，然后被电暖被卷起来烤成焦炭的故事。
“讨厌，栗子都变得热呼呼，黏糊糊的了。这根本不是栗子，而是樱岛白萝卜嘛！还挤上了美乃滋！好恶心啊！呜……恶……呜呜……”

【西瓜／新干线／瓦斯桶】《愚者》P253

【朋友／朋友／朋友】《愚者》P315

【篝火／驯鹿／快食比赛】《天使》P7
在快食比赛里落败，孤独徘徊于夜晚森林中的驯鹿，跟你长久以来暗恋的少女在篝火前重逢的温馨故事。
“啊，这是砂糖点心。酥脆的面团里掺杂了浓浓的红糖、黑糖，还有大颗核桃，节奏优美的口感……咀嚼时散发出来的淳朴甜味……虽然这么甜，却有让人无法挑剔的绝妙平衡。”
“表面烤到微焦，所以吃起来有点苦，但是这种对比反而更吸引人。今天的作品合格了！了不起，心叶！”

【蜡笔／消防局／凌波舞】《天使》P10
（远子学姐的要求：热呼呼的巧克力翻糖风味。）

【蝴蝶／恐山／冲浪手】《天使》P10、130
（远子学姐的要求：蓬松甜美的香草蛋白霜风味。）
浑身肌肉的冲浪手穿着一件海滩裤滑下恐山，魂魄飘出体外变成蝴蝶回到恐山，冲浪手变成尸体的故事。
“这是恐怖故事？是恐怖故事吧！根本不是香草口味，而是加了萝卜干的鱼板嘛——一点都不蓬松，而是干巴巴的啦——～呜呜呜，还加了好浓的芥末啊——”

【手电筒／莱佛士花／英文检定】《天使》P10
（远子学姐的要求：豪华的水果圣代风味。）

【校门／鲸鱼／高空弹跳】《天使》P28
（远子学姐的要求：新鲜薄荷果冻风味。）
“果酱甜了一点，味道与其说是薄荷，还不如说是香浓奶茶的味道在口中逐渐扩散，还散发出肉桂和生姜的香味，真是太好吃了。没错，这种味道简直就是印度奶茶呢！最后一句话，像是温热柔软的果冻暖烘烘地滑落胃里，吃进嘴里就觉得好幸福。谢谢你的招待。”

◆罗・英・槐尔特《大草原上的小房子》（P98）
◆奥尔科特《小妇人》（P98）
◆帕特里夏《又丑又高的莎拉》（P98）
◆麦克拉克伦・席卡内德《魔笛》（P102）
◆狄更斯《圣诞颂歌》
“就像刚出炉的罗浮火腿一样，口感细腻，连小孩子也能吃下很多，而且长大之后还会一直怀念那种温暖的美味。”（P126）
◆亚历山大・仲马（小仲马）《茶花女》
“就像在顶级的苦巧克力里加上高纯度的威士忌一样，豪华甜美，又带着苦涩的感人滋味呢。”（P133）
◆亚历山大・仲马（大仲马）
《三剑客》《基督山恩仇记》（P134）
◆歌德《浮士德》（P135）
◆莫里哀《唐璜》（P135）
◆ D.H. 劳伦斯《查泰莱夫人的情人》（P144）
◆梦野久作《瓶装地狱》（P144）
◆安莱斯《The Claiming of Sleeping Beauty》《Beauty'sPunishment》《Beauty's Release》（睡美人三部曲）（P144）
◆森鸥外《森鸥外全集》（P146）
◆樋口一叶《比肩》（P146）
◆契诃夫《契诃夫作品集》（P146）
《在峡谷里》（P313）
◆禾林出版社历史系列
“就像倘佯在朗姆酒口味卡士达奶油泡芙、沙河巧克力蛋糕、浓醇香槟果冻聚成的海洋里吧！”（P146）
◆莫里斯・勒布朗《亚森罗苹系列》（P230）
◆安格妮丝・萨帕《爱的一家》（P231）
◆弗瑞德里克・福赛斯《胡狼末日》
《曼哈顿魅影》（P280）
◆苏珊・凯依《魅影》（P280）

除此之外，还有在河水里泡凉的小黄瓜、直接生吃的鲜艳清甜茄子，或是在祭典夜晚喝到的冰凉弹珠汽水——不只是故事引人入胜，就连结构编排、行文韵律还有遣词用字，都有独特的美味喔！”（P95）
《玛莉芙伦和少女》
“就像野生葡萄一样酸酸甜甜，是我最喜欢的故事。”（P95）
《贝之火》
“像是咀嚼着红红的樱桃萝卜一样带有一丝苦涩，非常好吃喔。”（P96）
《银河铁道之夜》（P90）《要求很多的餐厅》《风之又三郎》《大提琴手高薛》《卜多力的一生》（P94）《春与修罗》（对晓穹之嫉妒、永诀之朝、松针、无声恸哭）（P94、128、337、338）《老鼠嗟嗟》《双子星》（P96）《黄西红柿》（P97）《挫败少年之歌》（P128）《风雨无惧》（P340）
◆森鸥外《舞姬》（P91）
◆司汤达《红与黑》（P91）
◆英国童谣《鹅妈妈》（P91）
◆清少纳言《枕草子》（P91）
◆谷崎润一郎《春琴抄》
“就像河豚生鱼片洁白剔透、引发肉欲的滋味，全都缠绕在舌尖一样喔。”“就有如把河豚吞落喉中时感到的滑腻、瞬间散发出的鲜味一起震荡着胸口，脑袋也被那种禁忌的深奥滋味麻痹，什么都无法思考了，只能沉醉在这至高无上的美味里。”（P121）
《谷崎润一郎全集》（P121）
◆波特
《彼得兔》（P126）
◆拜伦《拜伦诗集》（P136）
◆作者不明《伊势物语》（P218）
◆赫尔曼・黑塞《青春、美丽的青春》
“就像咖啡慕斯一样……口感温和细致，又带点苦涩……悲伤……”（P378）

文学少女 5 绝望恸哭的信徒

◆洛夫克拉夫特
《印斯茅斯疑云》
“尝起来就像生饮鱼血呢。”“这股刺鼻的腥味，冰凉滑溜的口感。”“缠在舌尖的浓稠血液酸味真是让人无法抵挡！”（心叶的梦）（P6）
《克苏鲁的呼唤》
“那就像酸鲱鱼一样，有着绝佳的风味喔！”（心叶的梦）（P8）
◆博蒙夫人《美女与野兽》（P26）
◆宫泽贤治
“非常质朴，有着土壤、和风、阳光的味道，既纯粹又感人，带有令人怀念的感觉。就好比是站在清风吹拂的农田里，把沾了土的西红柿在衣服下摆擦一擦，大口咬下的感觉——那是仍然青涩，既酸又苦，还带有一点甜的滋味在口中扩散开来，让喉咙也得到润泽的感觉喔。

文学少女 6 怀抱花月的水妖

◆爱伦坡《厄舍古屋的倒塌》（P19）
◆阿比・普雷沃《曼侬・莱斯科》
“像熟透的甜美无花果洒上会烧痛舌头的浓烈洋酒去煮，再加上苦巧克力冰淇淋般的滋味。无花果绵密的果肉缠绕舌尖，真是让人头晕目眩的美味啊！”（P31）
◆森鸥外《高濑舟》（P32）
◆赫曼・梅尔维尔《白鲸记》（P32）
◆托马斯・曼《托尼奥・克勒格尔》
“就像重奶酪的烤起司蛋糕，略酸的浓厚滋味在舌上逐渐扩散、慢慢融化，还漂出柠檬和洋酒的微香，虽有哲学探讨却很清爽，稍微浅尝也能品味到它的苦涩喔。”（P44）
《威尼斯之死》《魔山》（P44）

【玛格丽特／三味线／水上巴士】《信徒》P9
女孩轻轻拆下别在胸前的玛格丽特，腼腆地交给在观光汽船上演奏三味线的青年的甜蜜故事。
“一定要血花四溅、染成整片血红的海上浮着肉块，像是有达贡大人登场的故事才行喔。这种有如水果三明治一样清淡过头的东西，让人吃了就反胃。”（心叶的梦）

【贺年明信片的三题故事（题目不明）】《信徒》P38
“非常好吃喔！吃起来就像冰凉凉的冰淇淋大福呢。”

【临时写在手册上的餐点】《信徒》P123
感情融洽的男孩们在暑假一起冒险的故事。
“就像夹了照烧鸡肉和马铃薯泥的贝果三明治一样，贝果脆脆的好好吃喔！”

【竹叶船／情书／撑竿跳】《信徒》P214
在田径社里勤练撑竿跳的学长乘着竹叶船踏出磨练之旅，一位女孩努力写了情书想要交给学长，学长却跳过河去的故事。

【新学期／自我介绍／熊猫】《信徒》P214
在新学期开始时走进教室，却发现同学们都是熊猫，正打算自我介绍，熊猫还杀气腾腾地磅磅磅踩着地板的故事。
“好像白巧克力洒上小鱼干的味道，根本不是童话啊。”

【折纸／夕阳／圆周率】《信徒》P215
有两个感情很好的乡下女孩背诵着圆周率，亲昵地一起回家，还会用折纸来互传讯息的故事。
“就像洒满豆粉的酥脆炸面包，是最棒的香甜滋味喔。”

【旅行箱／爱琴海／木工接着剂】《信徒》P376
旅行箱里出现爱琴海，海水却都变成木工接着剂的故事。
“好难吃喔……”“好像西班牙炖饭掺入了布丁的味道一样啦……嘴里都黏答答的了……”

【绑架／气球／崩坏】《水妖》P34
被绑架的女孩和犯人变成朋友，为了找寻她从出生时就分离的母亲，两人一起搭上气球的故事。
“好、好吃——好像加了好多培根的蛤蜊奶油浓汤，有牛奶的香浓味道呢。”“啊！胃壁好像变得暖烘烘的了！”

◆歌德《赫尔曼和多罗泰》（P44）
《威廉迈斯特的学徒时期》（P277）
◆诺瓦利斯《亨利希·冯·奥弗特丁根》（P44）
◆富凯《水妖》
“这就像是嚼着加入满满葡萄干的裸麦面包，质朴而令人缅怀，略带苦味、香气迷人，裸麦的酸味越嚼越强，跟葡萄干的自然甘甜融合在一起，在舌头留下了忧伤的余韵……”（P44、189）
◆霍夫曼《黄金壶》（P44）
◆梅亚法斯特《阿尔特海德堡》（P45）
◆尾崎红叶《金色夜叉》（P59）
◆樋口一叶《比肩》（P59）
◆泉镜花
“就像用花酿成的酒啊！譬如柔美的野菊、神秘的月见草、艳丽的栀子、凛然的忍冬、香气逼人的桂花……一边陶醉于浓烈的花香，一边细细品味晶莹闪亮的透明液体，真会让人脚步不稳、头晕目眩，不知自己身在何处呢！百花交融在舌上，令人忍不住要一口饮尽啊！”（P71）
《外科室》
“就像冰凉的山栀酒一样……对白和故事都显得透明而梦幻……淡淡花香残留口中久久不去，真的会令人沉浸于悲伤，不断反复阅读同样的场景叙述……”（P151）
《歌行灯》（P59）《夜叉池》《草迷宫》《照叶狂言》（P61）《高野圣僧》（P71）《天守物语》（P266）
◆小林一茶《一茶俳句集》
“竹叶的芳香既清淡又高雅，馅料的味道也不会太甜，口感很温和呢。”（P80）
◆布莱伯雷《雾号》（P230）
◆森茉莉《枯叶的卧床》（P312）

文学少女 7 迈向神境的作家 上

◆安徒生
《睡眠妖精奥列·路却埃》（P3）
◆金子美铃《我和小鸟和风铃》
“简直像是樱花麻糬啊！好比富有嚼劲的樱花色麻糬温柔地把甜腻的红豆馅包在其中。”“感觉就像表面呈现俏皮突起状的柔软麻糬，包上用盐腌渍过的樱花叶，从外面一口咬下，由咬开的叶子品尝樱花的芳香，洁白牙齿渐渐沉进麻糬里，最后到达微甜的馅料！”（P6）
◆露西·蒙哥马利《红发安妮》
“就像吃到饱的蛋糕店一样，有各种甜点的滋味喔。譬如在卡士达奶油上盛满刚摘下木莓的水果塔、在柔软的巴伐利亚奶冻周围贴满手指状饼干的夏洛特蛋糕、微苦焦糖和香甜巧克力层层迭起的巧克力蛋糕……安妮跟吉尔伯特绝交以后，没办法敞开心胸，只能冷漠以对的那段剧情，简直就像酸酸甜甜的柠檬派呢。”（P33）
◆艾福·波森《胡椒罐婆婆》
“味道是加了很多牛奶的浓汤！”（小时候的远子）（P51）
◆作者不明《伊势物语》
“就像装饰着油菜花的散寿司。”（小时候的远子）（P51）
◆麦克·安迪《说不完的故事》（P96）
◆纪德《窄门》
“有一点像透明的冬粉，但吃起来不是滑溜溜，而是干巴巴的。不管怎么嚼都没有味道……然后就融化不见。”（小时候的远子）（P99、175）
◆凯斯特纳《埃米尔和侦探》
“肉桂甜甜圈的味道”（小时候的远子）（P109）
◆森鸥外《舞姬》（P145）
◆阿瑟·叔本华《意志与表象的世界》（P146）
◆博蒙夫人《美女与野兽》（P138）
◆菲茨杰拉德《了不起的盖茨比》（P209）
◆罗伯特·布朗宁
《罗伯特·布朗宁诗集》（P222）
◆梅亚法斯特
《阿尔特海德堡》（P269）
◆托马斯·曼《托尼奥·勒格儿》（P269）
◆弗列德里希·富凯《水妖》（P269）
◆国木田独步《少年的悲哀》
“就像是浸着蛤蜊和鸭儿芹的清汤……清澈透明……又让人感伤……就像在夜晚传来的海潮味道……”（P298）
《国木田独步短篇集》（P298）

文学少女 8 迈向神境的作家 下

◆安徒生
《睡眠妖精奥列·路却埃》（P29）
◆太宰治《人间失格》（P49）
◆森鸥外《舞姬》（P51）
◆志贺直哉《暗夜行路》（P51）
◆纪德《窄门》
“吃起来就像康苏米法式清汤……”“虽然看起来单纯又透明……但是要猜出其中包含的所有材料是很困难的，简直就像人心……有各种情绪混合相溶……又像温暖的金光一样清澈透明……是让人感伤的美味……”（P73、125）
《秘密日记》（P85）
◆柳田国男《远野物语》（P131）
◆宫泽贤治《银河铁道之夜》（P138）
◆梅亚法斯特《阿尔特海德堡》
“简直就像咀嚼砂糖腌渍的堇花一样，甜美、感伤……又带有苦味……”（P141）
◆艾米莉·勃朗特《呼啸山庄》（P180）
◆卡斯顿·勒胡《歌剧魅影》（P186）

【骆驼／祠庙／暑假】《水妖》P42
“好好吃喔！就像刚炸好的可乐饼三明治呢！”“吐司也烤得又香又脆。”

【蜻蜓／夕暮／迎接】《水妖》P110
母亲在黄昏时分去接孩子的平淡故事。

【文化祭／胶卷／握手】《水妖》P154
全班同学在文化祭时合力制作电影的故事。突然有好几只手从银幕里伸出来，观众握了从银幕伸出来的手，结果精气都被吸走了。
“哇！味道好像莴苣鲑鱼炒饭喔！”“啊啊，莴苣爽口脆嫩，好新鲜、好美味！炒饭也经过彻底翻炒，粒粒匀称松爽。鲑鱼虽咸却带有甜味，洒在上面的鲑鱼子弹性好到会在舌上跳动呢！”
“呜呜……就像原本清爽的酱油风味炒饭，突然加了辣椒下去炒一样啦。讨厌！莴苣变成西瓜！鲑鱼变成章鱼烧！鲑鱼子也变成樱桃果酱了啦！讨厌，整个都黏糊糊的了——”

【告白／接吻／拥抱】《水妖》P291
在大正时代里书生与千金小姐跨越身分的阻碍，最终缔结良缘的故事。
“好甜喔！好像在吃金汤匙舀起的蜂蜜喔！阳光般的浓纯蜂蜜缓缓流入喉咙了！”
“心叶……这里面……是不是……加了一些酒啊？”

【猫头鹰／温泉／百叶折门】《作家　上》P8
肩膀酸痛的猫头鹰去泡温泉疗养，泡在温泉里聆听悦耳的音乐，却有一只满身是血的猫头鹰从百叶折门后面走出来复仇。
“啊，这个好好吃喔！”“就像冒着香喷喷热气的蒸馒头，里面包的芋头馅也热腾腾的。”
“呜，好、好辣！”“讨厌啦，蒸馒头里面有整团结实的芥末啦——讨厌！真过分！太过分了！好结实的辣味啊——”

【营养午餐／点心／妈妈】《作家　上》P272
一位刚升上小学的女孩很不喜欢营养午餐，因为有妈妈的鼓励，渐渐吃得下营养午餐的故事。
“谢谢招待。非常……甜美，很好吃。”
“像牛奶粥一样，好甜……好好吃……就像妈妈的味道。”

【当作早餐的简短故事】《作家　上》P282
“……好吃……暖暖的……又好柔和……就像加入高丽菜、培根和蘑菇的汤。”

《文学少女》系列相关作品

FAMI通文库

文学少女1渴望死亡的小丑——2006年4月

文学少女2渴求真爱的幽灵——2006年8月

文学少女3沉陷过往的愚者——2006年12月

文学少女4背负污名的天使——2007年4月

文学少女5绝望恸哭的信徒——2007年8月

文学少女6怀抱花月的水妖——2007年12月

文学少女7迈向神境的作家——上——2008年4月

文学少女8迈向神境的作家——下——2008年8月

FAMI通文库官方网站 FBonline连载

文学少女今天的点心

第1回　“更级日记”菅原孝标女——2007年1月
第2回　“海鸥乔纳森”理察德·巴赫——2007年2月
第3回　“盛开的樱花林下”坂口安吾——2007年3月
第4回　“在峡谷里”契诃夫——2007年4月
第5回　“好色五人女”井原西鹤——2007年5月
第6回　“麦子与国王”莉娜·法琼——2007年6月
第7回　外传　七濑的恋爱日记——2007年8月
第8回　外传“续·七濑的恋爱日记——2007年9月
第9回　外传“再续·七濑的恋爱日记——2007年10月
第10回　“洛丽塔”纳博科夫——2007年11月
第11回　“飞翔的教室”凯斯特纳——2007年12月
第12回　“银茶匙”中勘助——2008年1月
最终回　“万叶集——2008年2月

文学少女的秘密书柜

第0回　小森的喃喃自语——2008年3月
第1回　文学少女和呼喊爱情的诗人　前后编——2008年4月
第2回　文学少女和门内的公主　前后编——2008年6月
第3回　文学少女和外遇的预言者　前后编——2008年8月
第4回　文学少女和等不及亲吻的诗人　前后编——2008年10月

联合创作集

文学少女和召集少女的召唤兽

（收录于《联合创作集2文学少女和石像怪爬上笨蛋的阶梯》）——2008年10月

文学少女和奔来的跑者

（收录于《联合创作集2文学少女和石像怪爬上笨蛋的阶梯》）——2008年10月

其他

文学少女和恋爱的牛魔王

（收录于《FBSP Vol.2》）——2007年5月

漫画

文学少女1渴望死亡的小丑

原著：野村美月　作画：高坂里多　人物原型：竹冈美穗

《少年Gangan Powered》8月号（2008年6月21日发售）开始连载
〈SQUARE ENIX〉

文学少女和美味故事

原著：野村美月　作画：日吉丸晃　人物原型：竹冈美穗

《Beans A》月刊Vol.17（2008年12月10日发售）开始连载（角川书店）

大家好，我是野村美月。

得以出版《文学少女》画册，真是可喜可贺啊！

三年前，我收到远子的人物设定之时，
看到完全符合描述形象的「文学少女」真觉得感激不已。
后来每次收到样书，我都会被竹冈老师那充满透明感的世界吸引，深深着迷。

一般来说，决定要在哪里加上插画或是彩页要怎么做，都是编辑的工作。
所以想象哪个画面会加上插画，也是一件乐事。

彩页每次都安排得很巧妙，竹冈老师的插画和撷取出来的台词相得益彰，
让我不只深受感动，还会很遗憾地觉得「这里也想加入插画啊！」
或是「好想看看这一幕啊！」。

指定插画似乎也让编辑非常操劳。
譬如「猫耳没有加进去啦（泣）」、「芥川还没上场耶！要再多一张才行！」，
每次开会讨论都要大吐苦水。

像这样集合了竹冈老师、编辑、美编等人的力量，
才能让清澈光辉般的插画为小说内容增添光彩。
因为我一直都好希望能出版画册，所以如今愿望得以实现真是让我高兴极了。

为本书寄来可爱插画和令人害羞的意见的老师们，
以及声援至今的读者们，
还有Fami通文库编辑部的各位，我由衷感谢你们。

2008年 11月10日 野村美月

后记

如果大家能回想起
本传的种种内容
因而再回头去读，
就是我最大的荣幸。

竹冈美穗

2008.11

图书在版编目（CIP）数据

文学少女的追想画廊 1/（日）野村美月文；（日）竹冈美穗绘；哈娜译 . —上海：上海文艺出版社，2014
ISBN 978-7-5321-5402-9

Ⅰ.①文… Ⅱ.①野… ②竹… ③哈… Ⅲ.①长篇小说—日本—现代
Ⅳ.① I313.45

中国版本图书馆 CIP 数据核字（2014）第 144369 号

责任编辑：毛静彦
特约策划：李 殷
装帧设计：高静芳
本书译文为台湾尖端出版社正式授权

文学少女的追想画廊 1
［日］野村美月 文 ［日］竹冈美穗 绘 哈娜 译
上海文艺出版社出版
www.sclm.com
上海市绍兴路 74 号
新华书店经销 凸版艺彩（东莞）印刷有限公司印刷
字数 100 千字 开本 889×1194 1/16 印张 8
2014 年 8 月上海第 1 版 2022 年 1 月上海第 3 次印刷
ISBN 978-7-5321-5402-9/I.4299
定价：93.00 元